COLLECTION SÉRIE NOIRE
Créée par Marcel Duhamel

Parutions du mois

2327. DU SABLE DANS LA BOUCHE
(HERVÉ LE CORRE)

2328. CHIEN-FROID
(LAURENT FETIS)

2329. MANUEL DES PERDANTS
(JUAN SATURAIN)

2330. SANGLANTES CONFIDENCES
(JOHN GREGORY DUNNE)

HERVÉ LE CORRE

Du sable dans la bouche

nrf

GALLIMARD

Nous ruisselions de sang. Les chasseurs ne nous avaient pas loupés. Blessure sur blessure. Nous nous rendîmes compte que nous avions soif. Et froid, très froid.

BERNARD MANCIET
Un Hiver

1

Sous les hautes charpentes métalliques, les trains s'arrêtent en hurlant et font tressaillir et se taire la foule en transhumance dont le bourdonnement de voix mêlées reprend ses droits dès que les freins ont cessé leurs vocalises. Des visages inquiets se tournent en tous sens, scrutant à chaque bout de la voie pour deviner le mufle d'une motrice sans savoir par où arrivera le train qui les emmènera passer les fêtes en famille, et ils prennent l'air morne, lointain déjà de ceux qui partent au bout du monde en laissant tout derrière eux. Des lecteurs de journaux apparemment plus sereins s'appliquent à demeurer plongés dans les nouvelles du monde, qui ne sont pas bonnes, maintenant leurs pages en l'air malgré les bousculades des porteurs de sacs à dos ou les futurs skieurs qui manient leur équipement sur l'épaule comme une arme silencieuse et redoutablement efficace. Des femmes courent, suivies d'enfants, les bras étirés par des valises bourrées jusqu'aux serrures, rebondies à crever, là, au milieu des gens, vomissant de l'intimité mise au pli pendant des heures, encore parfumée d'assouplissant ou de lavande. Des mains agrippent les poignées des portières. On se hisse, on s'aide à descendre, on se marche dessus, on s'éborgne à coups de coude.

La femme boite. Elle a eu du mal à descendre de la plate-forme, en pivotant maladroitement sur sa jambe valide. Un homme d'âge mûr, élégant, un sourire aimable aux lèvres, sans doute séduit par les vastes yeux noirs et le profil soucieux et volontaire, a aidé le corps léger à prendre pied sur le béton du quai. Elle l'a remercié, d'un murmure, d'un petit mouvement de tête. Le sac ballotte contre la patte folle. La femme change de main, s'inclinant du côté opposé à la charge pour l'équilibrer. On la remarque parce qu'elle est belle et boiteuse. Des regards s'étonnent ostensiblement de voir démenties leurs idées préconçues. Des regards d'hommes, surtout.

Elle sort par le hall des départs. Une vieille habitude. Elle louvoie parmi les voyageurs qui fixent opiniâtrement le panneau électronique des horaires, ou attendent bras croisés, leur bagage entre les jambes. Elle s'excuse parfois d'un râclement de gorge, ou doit renoncer à enjamber une valise trop haute que personne ne songe à déplacer. Sur le seuil de l'immense porte, elle considère un instant les embouteillages, plus loin, au-delà de l'esplanade réservée aux piétons. La pluie crépite sur la verrière. La femme semble humer, le visage relevé, l'odeur de la ville où l'océan, épaulé par le vent d'ouest, pousse son mufle salé.

Au début, elle a promis à qui voulait l'entendre que jamais elle ne reviendrait à Bordeaux. Tourner le dos à la région, quitter, même, le pays. Elle a pensé à l'Italie. À Rome, où elle n'est jamais allée. Ailleurs l'horizon serait moins plat, ou plus proche. On lui répondait que ce serait partout pareil. Ce qui la poursuivait ne redoutait aucune distance, ne pâlirait sous aucun climat. On ne laisse pas derrière soi son ombre. Alors peu à peu, rosée dans le granit, l'idée de revenir et de faire ce que quelque chose de béant en elle réclamait chaque jour plus fort a creusé sa fissure imperceptible. Cette évidence a couru en elle comme une vibration mortelle. Elle en a tracé la courbe sur des centaines de pages de cahiers.

« Vous serez chez vous pour Noël », lui a annoncé le directeur. « Je vous regretterai. Les détenues comme vous, j'en vois peu. » Un brave homme, ce directeur. Un humaniste. Un chrétien, sans doute, plein de foi en la rédemption de l'homme, avec son crâne luisant et ses lunettes cerclées. Parlant aux putains amères, aux infanticides ou aux toxicomanes suicidaires comme à des voleuses de cartables ou à des cancres invétérées. Un ancien proviseur de lycée ? Un ancien prêtre ? Pourquoi pas ?

L'avocate a été efficace. Elle a trouvé un appartement, payé deux mois de loyer d'avance, a décroché un emploi de prof dans une boîte d'enseignement à distance dont elle connaît le patron. Elle a garanti une réinsertion facile et rapide. Avec tout ce chômage, que demande le peuple ?

L'appartement est petit, mais bien situé, dans une rue calme, à deux pas de l'Hôtel de Police. L'avocate s'en est excusé. Tout est là, dans des caisses, et pendant un moment elle reste debout au milieu de ce désordre. Dans un coin s'entassent quelques fauteuils, quelques chaises, des tables, couverts de housses aux armes du garde-meuble. Puis elle trace des allées entre les cartons, installe le lit (les draps sentent bon et elle y colle un instant son visage), dégage une table, le tout dans la même pièce. Épuisée, elle s'enfonce dans un fauteuil, les pieds sur la vaisselle, cernée par sa vie passée étiquetée, entreposée.

À son réveil, il fait nuit. La pluie fait son bruit radoteur et têtu, milliers de petits pas pressés.

Le tube lumineux au-dessus du lavabo l'éblouit. L'eau froide de la douche lui fait du bien, la secoue de frissons. Elle se raidit sous cette pureté dont elle avait perdu jusqu'au souvenir tant l'eau, là-bas, semblait déjà souillée à sa sortie des canalisations, comme si la crasse s'était recyclée inlassablement. Au point qu'elle choisissait parfois, pendant des semaines, de rester baigner dans son propre jus, bouillon de culture personnel, senteur âcre d'animal unique dont elle ne décidait de se défaire que lorsque les démangeaisons devenaient insupportables.

Le savon lui pique les yeux, le nez. Elle sourit à cette brûlure. Elle rince, inonde sa peau d'eau très chaude, frotte violemment. Sous ses doigts court la cicatrice, au-dessus du genou. Roule la rotule artificielle. « Il ne faudra pas vous endormir trop près de la cheminée », avait plaisanté une infirmière pour essayer de dérider cette blessée pâle et muette.

Simon a ouvert presque aussitôt et il est resté planté là, bouche ouverte, sans lâcher la poignée de la porte. Puis il tend les bras, ils s'embrassent. Anne, accourue, pleure un peu. « Mathilde », répète-t-elle entre deux reniflements. « Mathilde ».

Ils boivent du whisky, mangent des pizzas prestement dégelées dans le micro-ondes. Du fromage, aussi. « Si tu nous avais appelés, on t'aurait préparé un truc sympa, je serais allée chercher un foie gras chez ma mère », s'excuse Anne. Ils sourient en buvant des verres de Saint-Emilion et écoutent du jazz, Sonny Rollins, Dave Brubeck. Les mots sont de sable. Ils assèchent les bouches et s'éparpillent en grains futiles dès que le silence se remet à souffler, souvent, malgré la musique.

Non, elle n'a pas répondu aux lettres. Elle n'a écrit

à personne. À l'avocate, si un peu. Mais personne n'est venu, il faut dire. Quatre ans. La durée n'a aucune importance. Quatre mois, quatorze ans, et alors. Quatre nuits ont suffi. Elle n'osait pas dormir, de peur d'être réveillée par ce rêve, toujours le même, où Pierre se trouvait blotti contre elle, grelottant, ses bras autour de sa taille. Elle sentait ses genoux froids contre ses jambes, et lorsqu'elle tentait de se retourner vers lui pour l'attirer davantage à elle, elle ouvrait les yeux sur l'obscurité vide maquillée par les lumières du chemin de ronde. Écrasant des sanglots de son poing dans la bouche, elle s'accablait de l'odeur des autres, écœurée par le froissement des draps sur leur corps, quand les lits grinçaient au moindre mouvement.

Anne et Simon l'écoutent. Puis ils la rassurent. L'appartement est mignon, refait à neuf, ils l'ont choisi avec l'avocate comme si c'était pour eux. Ce sera différent, comme un nouveau départ, la vie qui recommence, malgré la prison, malgré… Anne se lève pour recharger le lecteur-laser. « Ç'est bien la peine d'avoir une télécommande et des multi-fonctions », commente Simon.

Ils parlent ensuite des copains: Michèle, Philippe. Comment vont-ils ? Mathilde n'écoute pas les nouvelles que Simon lui donne de la troupe en l'assurant qu'elle leur a manqué à tous. Ils monteront Pinter et Ibsen, cette année. Plus une coproduction avec Toulouse. Sans compter les animations dans les lycées, c'est toujours ça de pris. Vraiment, ces profs… Le théâtre, ma pauvre Mathilde, ils n'y comprennent rien. Ils en sont encore aux gesticulations balbutiantes de patronages laïques. Simon s'emballe, se rit méchamment de ces fonctionnaires du savoir. Il est intarissable, et s'animent entre ses mains qui modèlent l'espace, sur son visage, les anecdotes les plus irrésistibles.

Les percussions rebondissent d'un canal sur l'autre. Ray Baretto ? Mino Cinelu ? Elle demande. Simon sourit. Difficile de confondre, pourtant. Elle dit qu'elle s'en fout un peu, après tout. Elle a trop bu. Les dents de l'homme luisent dans la pénombre savamment dosée. La vie, le bonheur creusent son visage d'ombres réconfortantes. Il est beau. Elle lui sourit depuis un moment, l'air un peu absent. Encore un whisky, s'il te plaît. Sans glace, comme avant.

À quatre heures du matin elle est debout dans le couloir et les regarde tous les deux. Il n'y a plus de musique. La conversation est retombée doucement. Anne ne s'est plus levée pour changer le disque. Mathilde prend bonne note de leur invitation permanente à bouffer, à dormir, même, si elle veut. Simon la prend dans ses bras, la serre contre lui. Il presse ses lèvres à quelques centimètres de sa bouche. Elle se laisse aller contre lui puis s'en écarte presque brusquement pour s'approcher d'Anne. « Allez, ma grande. Appelle-moi un de ces jours, on ira faire les magasins comme avant », propose l'amie.

Mathilde descend l'escalier lentement, se tenant à la rampe. La minuterie s'éteint et elle reste dans le noir, respirant un peu plus fort, les mains tendues pour trouver un mur qui la mène lentement au commutateur.

Sous la pluie, la ville s'offre des rues scintillantes comme des vitrines. Mathilde contourne les flaques d'eau, les caniveaux qui débordent. Place Pey-Berland, elle ignore la cathédrale aux cimes dissoutes dans la nuit détrempée, la façade de l'Hôtel de Ville gardé par un flic bedonnant. Plus loin, elle hésite devant un bar de nuit, en pousse la porte, laisse s'échapper des bribes de conversations et des éclats de rire qui l'étourdissent, et renonce. Elle allume une cigarette et la fume sous un porche alors que l'averse redouble de force. Anne et Simon ont dû penser qu'elle avait une voiture pour rentrer. Sûrement.

C'est un fusil de chasse. Il est beau. Crosse en bois verni. Plus lourd qu'elle l'aurait cru. C'est la première fois qu'elle tient une arme entre ses mains. Non, pas la première fois. Et cela change tout. Elle appuie sur la détente. Clac. Comme c'est simple.

À un vendeur étonné, elle a raconté qu'elle voulait faire un cadeau à son mari, grand spécialiste du gros gibier. Le sanglier. Elle a montré son genou raide. « Il va me venger », s'est-elle efforcée de sourire. Un sanglier. L'autre, impressionné, l'a conseillée avec sollicitude. Aucun problème avec les munitions. « Avec ça, il en fera de la viande hachée à trente mètres », a promis le vendeur avec enthousiasme.

Depuis une semaine qu'elle est revenue, Mathilde a réapprivoisé la ville petit à petit. Elle a erré d'abord dans Saint-Pierre, le long des restaurants innombrables, s'arrêtant pour lire les menus, comme une touriste sans appétit. Elle a ralenti le pas devant « La Machine à Lire », a senti la bouffée d'odeurs chaude qui est sortie avec un client. Encre, papier. Le parfum des mots, pratiquement. Elle a hésité à entrer, a posé la main sur le loquet de la porte vitrée, puis s'est contentée de regarder la vitrine avant de s'échapper jusqu'au bout de la rue.

L'église était ouverte, sur la place, si bien qu'elle n'a eu qu'à continuer tout droit pour y pénétrer. Il y faisait bon. Indifférent à la tranquillité solennelle des voûtes, un Christ de bois souffrait son martyre sous la patine. Aux rides de sa souffrance s'ajoutaient les fissures du bois sur son visage creux. Mathilde s'est assise au fond.

Un peu de soleil donnait aux vitraux des folies de colibris. Elle a regardé autour d'elle avec curiosité, les yeux ronds, l'air intimidé par l'atmosphère paisible du lieu où flottaient des senteurs vieillies de pierre et de bois humide. Une porte a grincé, d'où est apparue une longue et belle femme brune accompagnée d'enfants qui riaient doucement. Ils ont trempé avec application une main dans le bénitier, et ont disparu dans une cacophonie de grincements et de battements de portes. Quand elle s'est trouvée seule, Mathilde s'est dressée vivement et a jeté autour d'elle des regards inquiets comme si elle se réveillait d'un assoupissement. Elle est sortie. Le soleil d'hiver ne pouvait rien contre l'ombre qui peuplait encore les rues en plein midi.

Elle regarde le petit écran du minitel. Autour d'elle, le bureau de poste presque vide flotte un peu. Elle a retrouvé le dernier sanglier du Médoc dont l'adresse, « Vignemorte-Cantenac », jette un éclat grisâtre.

C'est facile. Pas de vaines recherches, pas d'enquête compliquée.

Sa gorge se noue, sa bouche s'assèche, elle tousse un peu dans le silence approximatif des préposés au travail. Les doigts tremblants ont du mal à maîtriser le tracé du stylo. Elle calligraphie enfin, en larges capitales, les coordonnées de la tanière.

Tout peut alors commencer et finir en même temps.

2

L'homme tendit la main vers le radio-réveil et tâtonna pour en bloquer par avance le déclenchement. C'était un homme qui dormait peu, se réveillait toujours avant l'heure dite ou bien en plein milieu de la nuit en croyant avoir oublié de régler l'alarme du radio-réveil. Il lui fallait alors du temps pour se rendormir, et souvent il se levait pour aller dans la salle de bains boire un verre d'eau. Parfois, lorsque vraiment le sommeil ne revenait pas, il allumait une petite lampe tout juste suffisante pour lire et s'emparait d'un livre sur sa table de nuit dont il pouvait alors assimiler des dizaines de pages quel qu'en fût le genre ou l'intérêt.

La lueur qui bleuissait dehors évoquait un air froid et coupant. C'était un homme qui n'aimait pas dormir les volets fermés. Il avait besoin des lumières de la nuit, aussi faibles fussent-elles, pour se convaincre qu'il n'était pas mort.

La femme qui était couchée à côté de lui venait d'enlacer sa taille et l'attira contre elle. Elle enserra de l'étau tiède de ses cuisses une des jambes et frotta son ventre contre les muscles durs. Elle dormait encore. Il passa une main dans ses cheveux, la baisa au front, sur les yeux.

— Déjà ? souffla-t-elle dans son cou.

Il murmura que oui, laissa courir sa main jusqu'au bas du dos qui se cambra doucement.

— Téléphone-leur que tu es malade. On aura la journée pour nous.

— On aura d'autres journées.

Il l'embrassa encore, se dégagea lentement de l'étreinte de la femme.

— T'as dit que c'étaient des cons dans cette boîte.

Il sourit dans la pénombre.

— Je n'ai vu que les patrons et quelques mange-merde. Je rencontre le personnel aujourd'hui. J'ai l'impression que je vais bien m'amuser.

Il prenait dans une armoire du linge propre quand la lumière s'alluma. La femme eut un petit rire.

— Attention à ton ventre. Reprends les abdominaux !

Il se retourna, nu, ses affaires sur les bras, et la considéra d'un air interrogateur.

— Juste un peu, juste un peu, le rassura-t-elle. Ça va encore…

Il jeta un coup d'œil furtif à la glace de l'armoire qui lui renvoya une silhouette acceptable de quadragénaire correctement conservé. La femme éteignit la lumière et sembla disparaître dans un froissement de draps.

— Évite de faire trop de bruit, je vais tâcher de me rendormir.

— Je passe te prendre à la répétition ce soir, dit-il en refermant la porte.

Il passa sous la douche en hâte, s'habilla, perdit un bouton de sa chemise, fit chauffer du café dans le four à micro-ondes, avala deux cuillerées de confiture d'oranges. Tous ces gestes ne lui prirent qu'une douzaine de minutes, et il eut le temps de fumer une cigarette en écoutant à la radio les spéculations des journalistes sur l'éventualité de la guerre dans le Golfe. Vers sept heures et demie il coupa brutalement la parole à un consultant militaire qui évaluait la possibilité pour un missile de défoncer une porte sans détruire le corridor, et passa dans le couloir où l'attendait un cartable de cuir dans lequel il enfourna sommairement une cassette vidéo. Puis il retourna vers la chambre à pas de loup, actionna la poignée de la porte avec précaution. Il tendit l'oreille. Elle dormait sans doute. Au moment où il refermait la porte, il entendit la voix de la femme, distincte et ironique :

— T'enverras le bonjour aux travailleurs !

Il dit à ce soir. Il souriait, tout seul sous l'ampoule faiblarde du couloir.

3

Sous eux, l'océan soufflait à chaque coup porté contre les rochers. Ils étaient trois, signalés par la lampe-torche que chacun portait, et dont le faisceau trépidait à chaque pas. Ils avaient presque terminé. Ils fixèrent encore les détonateurs sur les charges disposées à la base des piliers de béton. L'une des silhouettes exprima en basque sa satisfaction à l'idée que ce putain d'hôtel de luxe ne serait plus dans quelques minutes qu'un souvenir en forme de tas de gravats. Un rire étouffé lui répondit. C'était une femme qui riait, et elle éclairait les mains nerveuses de son compagnon. On siffla, plus loin, du côté du golf. Le moteur d'une voiture se fit entendre. Les phares apparurent, tressautant à cause des ornières du chantier.

— On s'en fout, dit l'homme. On les laisse repartir sans rien faire.

On siffla encore, deux fois.

— Des flics, interpréta la femme. Putain de merde.

Ils décampèrent tous les deux en enjambant des flaques gelées. Un bidon de métal se renversa, roula jusque dans un trou, fit s'effondrer un tas de planches.

— Halte ! cria-t-on plus loin.

C'était un gendarme. Il était descendu de sa voiture,

une 4L, dont le gyrophare venait d'être mis en action. Il tenait à la main un pistolet dont il fit usage, en l'air, deux fois.

— Halte ! répéta-t-il.

Un autre coup de feu claqua. Le gendarme cria. On vit sa silhouette se débattre contre la mort dans les éclairs bleus, comme font les danseurs le samedi soir. Un autre gendarme apparut, qui lâcha une rafale de pistolet mitrailleur au jugé.

Les fuyards couraient dans l'herbe parsemée de rochers. L'océan les encourageait comme une foule.

— Ça ne mène à rien, dit la femme, qui s'était arrêtée au chapelet de coups de feu tirés derrière eux.

— On revient, dit l'homme. Ils vont avoir Mikel.

Ils rebroussèrent chemin en se tordant les pieds dans les cailloux, dans les trous de terre gelée où de la glace les faisait déraper. Ils repassèrent devant le chantier, à hauteur de ce qui devait être le hall de réception. Ils débouchèrent sur une esplanade où étaient garés des engins massifs à roues géantes, et où ronronnait le moteur de la voiture de gendarmerie. Ils étaient trop loin pour tenter quoi que ce soit : Mikel s'était approché du gendarme en train de manipuler le radio-téléphone, éclairé par une petite lampe disposée sur le tableau de bord. Le Basque tira dans la lunette arrière, et le militaire fut projeté contre le volant. La femme cria, puis courut vers la 4L. Son compagnon la suivait en claudiquant parce qu'il s'était tordu la cheville. Au moment où ils parvinrent près de leur camarade, d'autres paires de phares se présentèrent sur la route, à l'entrée du chantier.

— À la voiture ! cria l'homme qui boitait. Je vous couvre. Je termine le boulot.

Il tripota un boîtier de télécommande pendant que

Mikel et la femme couraient sur une pelouse durcie par le gel. L'explosion éclaira vivement les alentours: la prairie artificielle bordée d'arbres, et les ombres qui convergeaient vers eux, de toutes parts, tenant des armes, des lampes et des chiens. La femme infléchit sa course sur la gauche, vers un bâtiment en rez-de-chaussée dont la baie vitrée reflétait la lueur des flammes. Elle appela Mikel, mais des coups de feu partirent de l'orée des arbres. Les chiens aboyèrent. Mikel courait toujours. Il avait son pistolet, qu'il brandissait devant lui, bras tendu, comme s'il chargeait. Il cria des injures aux gendarmes dont le pointillé circulaire et lumineux se rapprochait de lui, et il ouvrit le feu à nouveau. Il courut encore pendant quelques mètres, puis fut jeté à plat ventre par le crépitement lourd qui venait de riposter. Il rampa encore, en ahanant, puis ne bougea plus. L'autre homme avait rejoint la femme qui pleurait et jurait, dissimulée derrière une haie. Il l'entraîna par le bras en lui expliquant que le camarade avait enfreint les consignes. Comme ils traversaient un chemin, un projecteur les cloua sur place, et une voix amplifiée leur ordonna de se rendre. L'homme mit une main à sa poche, et fit un tour sur place au coup de feu qui avait anticipé son geste, avant de s'effondrer à genoux. La femme lui prit son arme et fit feu à trois reprises. Un pare-brise, ainsi que le projecteur, volèrent en éclats. Des voix hurlèrent de se mettre à l'abri. La femme aida l'homme à se remettre debout et descendit avec lui un talus planté de chênes: leur course était malaisée et pénible, à travers ce bosquet encombré de ronces, aussi manquèrent-ils basculer ensemble plusieurs fois. Plus rien derrière eux ne semblait bouger. Ils avaient franchi peut-être deux cents mètres, et débouchèrent bientôt sur une étroite route goudronnée. L'homme blessé s'appuyait lourdement sur la femme, embarrassée pour le soutenir par son gros pistolet. L'homme gémissait sourdement, complètement essoufflé par l'effort. Ils arrivèrent à une voiture. La femme aida son compagnon à s'allonger sur le siège arrière, puis s'installa au volant. Elle regarda d'un air désemparé le tableau de bord, les commandes du véhicule, puis tourna la clé de contact. Le moteur fut lancé puis cala. Le blessé lui indiqua l'emplacement du bouton de starter qu'elle tira vers elle. Le moteur consentit à démarrer dans un feulement de bon aloi.

Ils rejoignirent un hameau désert, puis empruntèrent le réseau plus serré des rues de Biarritz. La femme ne conduisait pas vite. Elle jetait souvent dans le rétroviseur des regards inquiets, mais à part la circulation rare de cette heure de la nuit, rien ne s'y inscrivait qui pût l'effrayer. Il pouvait être quatre heures du matin. Ils traversèrent Bayonne, puis prirent une petite route qui traversait Tarnos, pour rejoindre la nationale 10 et la quitter à Labenne de façon à suivre au plus près le littoral, en direction de Capbreton et Hossegor. Le blessé respirait fort, et changeait parfois de position avec une plainte. La femme alors tâchait de se retourner vers lui et prononçait des paroles rassurantes.

4

Pierre Calmon gara sa voiture au pied d'un peuplier, sur un parking aux formes rondes orné de pelouses et de parterres. Il se dirigea ensuite vers les bureaux de la direction qui faisaient corps avec l'usine et se signalaient par des huisseries de couleurs vives. Comme il montait la volée de marches qui y menait, un homme apparut sur le seuil et lui adressa un large sourire.

— Pascal Gorin, directeur des ressources humaines, se présenta l'homme. J'étais à Tokyo, c'est pourquoi vous ne me rencontrez qu'aujourd'hui.

Pierre affirma que ce n'était pas bien grave, qu'on l'avait prévenu, et que le directeur de l'usine avait été charmant et très efficace.

— Sale temps, fit le cadre avant de refermer derrière lui la porte de verre. On n'y échappera pas !

Pierre le regarda sans comprendre.

— À la neige, expliqua l'autre. La météo est formelle !

Il entraîna Pierre vers un vaste bureau qui donnait sur un parc par une baie vitrée. Vitrée également était la table de travail où trônaient ordinateurs et téléphone pour le moment au repos. Il proposa à Pierre du café et des croissants. Ils avaient le temps, car la séance ne commençait qu'à neuf heures.

— Les gens sont ravis de cette petite demi-heure qu'on leur laisse par rapport aux horaires habituels. C'est excellent pour l'image de marque du stage.

Pierre laissa le croissant, reprit deux fois du café. Gorin lui brossait un tableau de l'entreprise : électronique grand public, trois cent cinquante personnes dont un tiers d'ingénieurs et un autre tiers d'ouvrières manipulatrices. Les rendements s'étaient mis à baisser depuis un an, sans que rien y fît ; sanctions financières, mises à pied, voire licenciements pour faute professionnelle de deux ingénieurs et cinq agents de fabrication. Le malaise au contraire s'était répandu, jusqu'aux contrôleurs et chefs de groupes, des gens sûrs, pourtant, triés sur le volet, qui se permettaient de plus en plus souvent de remettre en cause le bien-fondé du projet d'entreprise.

Les deux hommes étaient assis de biais l'un par rapport à l'autre dans des fauteuils pivotants. Gorin parlait d'une voix sourde, usant d'une syntaxe parfois alambiquée, s'aidant peu de ses mains qu'il gardait doigts croisés posées sur ses cuisses.

— C'est vous qui avez dirigé ce... dégraissage ? demanda Pierre.

— Je parlerais plutôt de réajustement. Non. Je n'ai fait qu'appliquer les consignes données par Paris.

— Et les Japonais ?

— Moins on en parle ici, mieux ça vaut. On a beaucoup de mal à faire oublier cet aspect-là de l'entreprise. C'est un gros atout commercial, mais socialement, c'est catastrophique. Au moindre accroc, on nous proclame qu'on ne veut pas travailler à la japonaise, que jamais on ne prendra sur son temps de repos pour assurer le succès d'un produit, et autres balivernes. Ce que nous ne demandons jamais, d'ailleurs. Les syndicats ne sont pas très présents, mais enfin...

— N'éveillons pas le loup qui dort, sourit Pierre.

Gorin le regarda curieusement, puis éclata de rire.

— Exactement !

— Pourtant, continua Pierre, le loup a tendance à sortir du bois, ces temps derniers, non ? Cela n'apparaissait pas clairement dans votre demande d'audit, ni dans la négociation de protocole du mois dernier...

Gorin se leva, passa derrière son bureau où il prit un paquet de cigarettes. Il en proposa une à Pierre.

— Vous êtes des professionnels, observa-t-il. Nous avons été bien orientés.

Il alluma la cigarette de Pierre à l'aide d'un briquet de plastique.

— Pour être franc, reprit-il, j'ai dégonflé deux tentatives de débrayage pour des questions de salaires et de primes. Sachez qu'ils ont eu deux et demi l'année dernière, et qu'on prévoit trois-vingt-cinq cette année. Toutes les boîtes de la région ne se permettent pas ce genre de luxe !

— Qui *ils* ?

— Manipulatrices, contrôleurs et petite maîtrise.

— Les ingénieurs et les commerciaux ?

— On négocie individuellement à peu près tous les six mois, au terme d'une évaluation personnelle. Ça marche très bien !

Depuis quelques instants, on percevait dans le couloir un piétinement discret, des éclats de voix que la moquette, les cloisons bien isolées étouffaient efficacement. Gorin jetait vers la porte des coups d'œil rapides qu'on pouvait interpréter comme la lente montée d'une inquiétude.

— Je crois qu'il va être l'heure d'y aller, fit-il en regardant sa montre. Je... J'avais préparé pour vous un petit dossier sur chacun des participants à la session, et...

— C'est exclu par le protocole, monsieur Gorin. Je vous demanderai de ne pas insister.

Pierre avait répliqué un peu sèchement. Il sourit.

— Cela ne serait d'aucune utilité pour le travail que j'ai à mener, vous le savez bien. Nous sommes réputés pour notre rigueur et la fiabilité de notre méthode, il serait vraiment fâcheux de la modifier. C'est d'ailleurs pour ces raisons que vous avez fait appel à nous.

Gorin reposa sur un meuble la chemise qu'il tenait déjà.

— C'est vrai, admit-il. Excusez-moi. J'avais cru bien faire.

Ils sortirent du bureau. Dans le couloir, une dizaine de personnes attendaient en fumant. D'autres se trouvaient déjà dans la salle de travail et discutaient bruyamment. On s'écarta au passage de Pierre et Gorin, puis tout le monde entra et chacun s'installa. La salle était claire et spacieuse, les tables avaient été disposées en rond; dans un coin, un téléviseur et un magnétoscope de modèles récents attendaient le bon vouloir des utilisateurs. Gorin présenta Pierre aux stagiaires puis prit congé en annonçant que du café serait servi vers dix heures quarante-cinq.

Pierre s'apprêtait à lancer le rituel tour de table lorsqu'une femme se leva en toussotant.

— On est désolés, mais vous arrivez trop tard. On est en grève. On l'a décidé il y a un quart d'heure.

— Une grève illimitée, précisa un jeune type.

— Alors votre stage, reprit la femme, c'est un peu comme si les pompiers arrivaient quand la toiture est déjà en feu.

Pierre leur sourit. Il les regarda tous d'un coup d'œil circulaire. Ils paraissaient ennuyés, un peu intimidés. La femme s'était rassise et évita le regard de Pierre quand il se posa sur elle. Dans le couloir, des gens marchaient. Des portes claquaient. Les bruits ne semblaient plus étouffés comme dans le bureau de Gorin. Pierre revint aux brochures qu'il avait apportées avec lui et en ouvrit une, toujours souriant, comme s'il allait leur en lire un passage. La couverture portait en majuscules italiques un titre auquel personne ne parut porter attention :

COMMUNICATION ET INTÉRACTION SOCIALE.

Les autres ne bougeaient pas et ne disaient plus rien. Un homme alluma une cigarette, et tous portèrent sur lui leurs regards. L'un d'eux chercha aux murs un panneau d'interdiction.

— On peut ? demanda-t-il.

— On peut, répondit le fumeur en le regardant intensément. On va ouvrir une fenêtre pour aérer.

Des briquets cliquetèrent. Des rires fusaient, des mots rapides firent le tour de la salle.

— Si le toit est en feu, ce sera peut-être l'occasion d'en changer, dit Pierre.

Une rumeur approbatrice lui répondit. Il se leva, rangea ses brochures dans sa serviette. Le silence était revenu.

— Alors... Bon courage, fit-il. J'ai l'impression que vous en aurez besoin.

La femme qui avait annoncé la grève sourit avec ironie.

— On n'est pas courageux. On est têtus. Comme un troupeau de mules écœurées.

5

Angel Matanzas avait garé sa voiture, une BMW grise, luisante, aussi neuve que l'étaient les fausses plaques d'immatriculation, sur le parking réservé aux ouvriers du chantier, entre deux engins de travaux publics. Il s'était caché là, tassé au volant, avant l'arrivée du commando, tant il savait, pour les avoir suivis pendant des jours entiers dans leurs repérages, où ils allaient, ce qu'ils feraient. Au point même qu'il avait téléphoné à la gendarmerie de Bidart pour les avertir de ce qui se produirait sur le chantier de l'hôtel.

Prévenir les forces de l'ordre ne faisait pas partie du contrat d'Angel. On lui avait seulement demandé, en lui remettant cent mille francs et les clés de la voiture volée en France et maquillée à Saragosse, d'exécuter les membres du commando Renteria infiltrés au Nord depuis près de deux mois. On avait doté le tueur d'armes efficaces, de faux papiers authentiques, en lui recommandant de ne pas pénétrer dans le département de la Gironde où il était tricard par décision de justice. Il avait eu d'innombrables occasions de se débarrasser de ce travail, sans risque, mais n'était pas passé à l'action. Il aurait fallu chercher les raisons de cette temporisation dans le passé d'Angel Matanzas. Dans son histoire psycho–affective, comme l'avait déclaré un expert psychiatre devant la Cour d'Assises de Bordeaux. Une psychothérapie avait été tentée en prison, mais interrompue bien vite face au mutisme total du détenu. Aucune remise de peine n'ayant été accordée, il avait tiré ses cinq ans et s'était forgé une musculature puissante à l'aide d'appareils mis à la disposition des prisonniers, pendant qu'à l'extérieur ses amis lui assuraient déjà une part dans l'exploitation de manèges pour enfants qui meublaient les halls des centres commerciaux d'Espagne. Peu leur importait que Matanzas eût avec les femmes des relations si violentes, qui le faisaient passer simplement pour un givré de plus : il était un exécutant dévoué, efficace, doublé d'un gestionnaire avisé dès lors qu'on savait l'intéresser suffisamment aux bénéfices.

Il décrocha aux premiers coups de feu. Il avait jusque-là gardé la main sur un revolver de fabrication espagnole, chargé de balles dum-dum et de munitions ordinaires alternativement, dans une chambre sur deux. Sans doute une façon de jeu, un pari foudroyant à faire entre le départ du projectile et l'impact. La topographie du quartier ne laissait guère de choix dans l'itinéraire de fuite du commando : aussi Angel alla-t-il garer sa voiture dans un chemin creux pour attendre de les voir passer devant lui. Ce qui se produisit une dizaine de minutes après l'explosion de l'hôtel. Il prit à leur suite la petite route qui descendait vers Biarritz, les suivant du plus loin qu'il put.

Bien sûr, aucun barrage ne se dressa devant les fuyards entre le Pays Basque et Bordeaux. Les Landes furent traversées au plus près de la côte, par une route qui évitait les lacs en brusques angles droits dans des villages déserts pétrifiés de gel, parmi les panneaux annonçant les campings, les restaurants ou les plages. Ce choix pour des routes vides, droites, bordées parfois d'un givre têtu, avait compliqué la filature: la plupart du temps, les deux voitures se trouvèrent seules, absolument, sur des kilomètres de lignes droites. Au point que Matanzas décida de doubler les fugitifs à un moment, lorsqu'il les vit s'arrêter dans un pare-feu, malgré le risque de les perdre et son ignorance des causes de cette halte soudaine: leur voiture avait freiné brutalement, dans une embardée, avant de s'immobiliser dans le sable. Il les attendit à Parentis, puis les précéda, l'œil rivé au rétroviseur, jusqu'à ce qu'avant Arcachon le trafic lui permît à nouveau de les suivre en toute discrétion.

Il les surveilla pendant qu'ils descendaient de voiture à Bordeaux. Le jour se levait à peine. La femme sortit d'abord et fit le tour du véhicule pour aider le passager à se mettre debout. Il fut visible alors que l'homme était blessé, au ventre, ou au côté, et qu'il avait perdu beaucoup de sang: le haut de son pantalon et le pull qu'il portait en étaient imbibés. La femme lui fit enfiler une parka qui fit disparaître les traces de l'hémorragie. Le couple marcha avec difficulté jusqu'à un immeuble de la rue Paul-Louis Lande et y pénétra grâce à un trousseau de clés que la femme avait tiré de son sac. Les volets du deuxième étage s'ouvrirent bientôt en claquant, et la femme en profita pour jeter un coup d'œil au ciel menaçant, à la rue presque vide, à l'immeuble d'en face aux allures délabrées. Angel nota sur un bout de papier le numéro de la maison, l'étage, et revint vers sa voiture, qu'il avait laissée à cheval sur un trottoir. Là, comme aucun flic ou contractuel ne se manifesterait avant longtemps, il s'empara d'un petit sac de sport qui était posé au pied du siège arrière, en sortit un plan de Bordeaux jauni et froissé, et glissa son revolver dans sa poche. Il consulta le plan de la ville en s'aidant du répertoire des rues, suivit des trajets du bout de l'index, puis se débattit avec la vaste feuille de papier pour la replier correctement. Il alla garer sa voiture dans un parking souterrain situé en face du Palais de Justice, puis prit un copieux petit déjeuner dans un bistrot qui faisait l'angle de la place Gambetta et du cours de l'Intendance. Il marcha ensuite sur le cours Clémenceau jusqu'à la place Tourny. Il croisa des femmes élégantes emmitouflées dans de longs manteaux et des écharpes de couleurs vives. Il s'arrêta devant l'armurerie de la place Tourny et y contempla longuement, à travers la grille baissée, les copies de fusils M16 et Kalachnikov équipés de leur baïonnette. Au milieu des guirlandes argentées trônaient, disposés avec soin, des bâtons de kendo et des nunchakus, des colts Python, des Smith & Wesson, entre autres fusils à pompe et carabines 22 LR. Le vent, dont une rafale lancée de loin déboula depuis le nord par le cours de Verdun, obligea Matanzas à remonter le col de son manteau et à reprendre sa promenade. Il se dirigea sans s'arrêter vers Mériadeck dans des rues qui commençaient à s'encombrer de véhicules aussi variés que nombreux, et coincés le plus souvent dans une atmosphère puante que le froid, malgré quelques sautes de vent, plaquait au sol. Il pénétra dans le hall d'un hôtel trois étoiles et expliqua au réceptionniste, étonné qu'on lui demandât une chambre si tôt, qu'arrivant de New-York il avait besoin de dormir. L'employé lui attribua une chambre en lui demandant s'il voulait qu'on lui monte un petit déjeuner. Angel déclina l'offre mais demanda à être réveillé à midi. Il prit ensuite une douche et se coucha pour s'endormir cinq minutes plus tard, non sans avoir déposé son arme sous le lit, à portée de main.

Après qu'on l'eut réveillé, il se rendit au centre

commercial tout proche et erra presque une heure devant les boutiques, parmi les chalands, les employées en pause, et les glandeurs accoudés aux balustrades qui regardaient passer les gens sur les tapis roulants. Lui aussi regardait les autres, mais à la dérobée, furtivement, les yeux voilés par ses paupières tombantes aux longs cils. Il déjeuna promptement dans une cantine surpeuplée, prit son café de l'autre côté du hall, mal perché sur un haut tabouret, non loin d'une femme excessivement maquillée, trop brune, vêtue très court sous son manteau de fourrure synthétique. Il lui coula en douce quelques regards appuyés, elle le dévisagea avec dureté, ils détournèrent ensemble les yeux.

Il revint vers la rue Sainte-Catherine, levant de temps en temps le nez vers le ciel qui se chargeait de neige. Il marcha plus lentement, les yeux ronds, comme ébloui par les cheveux d'ange, les guirlandes, les boules multicolores, ralenti par la foule des consommateurs qui en profitaient pour écouter un peu de musique latino-américaine que distillait un groupe d'hommes enthousiastes à la peau cuivrée, ou un blues écorché par un guitariste maigre et poussiéreux, trahi par un ampli à bout de souffle. Le tueur s'intéressa également au travail d'un caricaturiste qui sévissait devant les Nouvelles Galeries en se payant la tête d'une adolescente à l'air stupide que ses copines, au milieu des curieux, encourageaient en ricanant. Il marcha au cœur de cette cohue encombrée de paquets cadeaux comme quelqu'un qui a tout son temps, en fumant des cigarettes, dans le froid neigeux. Il passa quelques coups de téléphone depuis une cabine, puis revint vers la place Gambetta à l'heure de la deuxième séance des cinémas pour aller voir un film d'action américain vaguement interprété par une montagne de muscles.

Quand il sortit du cinéma, la nuit était tombée et la neige était en train, à gros flocons délicats sur le chaos de l'heure de pointe. Matanzas consulta sa montre, leva les yeux au ciel avec contrariété, et marcha rapidement au milieu de la foule, comme s'il était pressé, tout d'un coup.

6

Emilia Ochoa tira le pantalon vers elle. La toile vint tout d'un coup, et la femme la roula en boule rapidement en évitant le contact du sang sur ses doigts. L'homme à présent était nu, ou presque, son slip à moitié descendu sur ses cuisses, qu'il essaya de remonter en tirant dessus faiblement. La femme lui murmura de ne pas bouger, et finit de lui ôter le sous-vêtement poisseux de sang. Après quoi elle nettoya la peau à l'aide d'un gros paquet de coton imbibé d'antiseptique en hésitant autour du trou d'entrée de la balle, situé au-dessous du foie, et dont les bords, creusés, commençaient à se tuméfier. L'homme respirait calmement et semblait dormir, grâce à la piqûre qu'elle lui avait faite dès qu'ils étaient arrivés dans l'appartement. Elle plaça tant bien que mal, remuant avec difficulté le corps inerte désormais, un pansement compressif pour empêcher la reprise de l'hémorragie.

Elle s'éloigna du blessé et marcha dans la chambre, les mains plaquées dans les poches arrière de son blue-jean. Elle resta un moment devant le radiateur électrique : il commençait à repousser efficacement le froid qui sourdait des murs, et elle regarda par la fenêtre le ciel affreusement gris. Durant quelques secondes, ses yeux noirs, que la fatigue avait arrondis et rendus plus vastes, brillèrent davantage, rivés à l'uniformité nuageuse. Elle se secoua, rentra la tête dans les épaules, et se retourna vers l'homme. Il dormait nu, accablé dans les draps par les calmants; elle se rendit auprès du lit pour ramener les couvertures sur le corps blafard noirci de poils abondants. L'homme soupira, bougea un peu. Emilia passa dans l'autre pièce, une cuisine sombre meublée d'éléments de formica marron, et enfila une canadienne qu'elle tint serrée contre elle de ses bras croisés en fermant les yeux. Comme si elle revenait d'un évanouissement, elle jeta autour d'elle un regard perplexe, puis s'approcha de l'évier, devant lequel elle se baissa pour fouiller parmi les canalisations, sous la cuve d'inox, derrière la poubelle qui sentait encore le plastique neuf. Elle en retira un paquet ficelé dans du papier journal qu'elle déplia en hâte: un pistolet apparut, d'allure puissante, puant la graisse, accompagné de deux chargeurs. Elle nettoya l'arme vivement, avec des gestes précis, presque mécaniques, engagea les munitions dans la crosse, et laissa tomber l'objet au fond d'une de ses poches.

Dehors voletaient parfois quelques flocons de neige qu'Emilia ignora, marchant rapidement vers la place de la Victoire. Là, un vent coupant tournait rageusement, prisonnier des façades, et lui mordit le visage. Elle avisa une cabine téléphonique située non loin d'un arrêt de bus où poireautaient quelques étudiants frigorifiés. Elle composa un numéro, attendit, parla.

— C'est Emilia. Il nous faut un toubib. Non, moi ça va. Il faut que tu appelles ce mec que tu connaissais, et qu'il rapplique. Non. Je peux pas t'expliquer, là. Tu viens avec lui ? Il est toujours sûr ? Quand ?

Elle raccrocha en disant je t'embrasse, et laissa sa main

sur le combiné pendant un court instant. Quand elle sortit de la cabine, le froid la fit suffoquer. Elle respira la bouche ouverte, avec effort. Les guirlandes lumineuses annonçant aux populations l'arrivée prochaine des réjouissances de fin d'année étaient allumées. Des étoiles. Des sapins. Des frises, des motifs tordus, des arabesques pointillées d'ampoules. Du coup, la nuit montait par contraste.

Emilia se dirigea vers un fast-food violemment éclairé qui remplaçait le bar immense qu'elle avait connu en d'autres temps, vaste lieu sombre aux néons sales, encombré de banquettes, rond et peu fonctionnel. Elle entra sous une voûte lumineuse et fut assaillie d'odeurs d'oignons frits, de viande grillée, dans un ronronnement continu de hottes d'aspiration. Une quinzaine de personnes attendaient leur ravitaillement, leurs regards convergeant vers les employés coiffés de petites casquettes en carton jaune et vert, affublés de chemises et de blouses assorties. Jeunes, tous, affairés, et totalement indifférents à ce qui se passait dans la salle ou même autour d'eux. Ils accomplissaient des aller-retours pressés du comptoir jusqu'aux stands de cuisson où ils laissaient tomber avec lassitude leurs bons de commandes et s'emparaient avec des gestes brutaux de petits plateaux garnis de coquilles de polystyrène et de boissons en boîte. Emilia acheta deux hamburgers pareillement conditionnés qu'elle glissa dans une poche immense qu'on lui avait tendue. Elle revint à l'appartement par le même itinéraire qu'à l'aller, mais dans la nuit présente et la neige qui continuait de tomber avec un acharnement silencieux, repassant devant l'arrêt d'autobus où grelottaient d'autres étudiants qui parlaient fort avec l'accent africain et dont les yeux brillaient de larmes froides.

Elle posa la nourriture sur la table avant d'allumer la lumière. Dans la chambre, elle regarda l'homme qui dormait en chien de fusil et ronflait doucement. Elle annonça à mi-voix qu'elle avait trouvé un médecin, qu'il passerait dans la soirée. Tout irait mieux bientôt, ils ne resteraient pas ici longtemps. Sa voix n'eut pour écho que le passage d'une voiture dans la rue. Elle s'approcha du lit, appliqua le revers de sa main sur le front du blessé, sur ses joues. Aussitôt, elle passa dans le cabinet de toilette, ouvrit un placard, fit couler de l'eau, et revint avec un gant mouillé dont elle rafraîchit lentement le visage de l'homme. Un gémissement parut la remercier. Elle prononça le nom du blessé, Tomas, d'une voix enrouée. Il déplia ses jambes, se mit sur le dos. Elle l'embrassa au coin de la bouche, puis lui passa de nouveau le gant frais sur le front.

Elle mangea un hamburger avec un empressement qui ressemblait à de l'appétit. Elle but de la bière, trouvée dans le réfrigérateur, et termina par une crème en boîte dont elle n'avala que trois cuillerées. Quand elle eut fini ce repas, elle inspecta les placards de la cuisine en attendant que le café passe: il s'y trouvait de quoi tenir un siège. Tout ce qui se faisait en plats cuisinés en boîte était là, sans compter le thon, les sardines, les potages en poudre et autres sauces italiennes en assortiments. Elle ouvrit et referma les portes sans les empêcher toujours de grincer ou de heurter les montants des meubles. Quand le café fut prêt, elle s'en servit un plein bol, s'y brûla les lèvres, grimaça, alluma une cigarette qu'elle dégusta assise les pieds posés sur une autre chaise.

Vers huit heures, deux portières claquèrent dans la rue. La sonnette retentit, Emilia se précipita vers l'interphone. Elle indiqua d'une voix mal assurée que c'était au deuxième droite, appuya sur le bouton qui commandait l'ouverture de la porte ; elle prit dans la poche de sa canadienne affalée sur une chaise le pistolet et le glissa dans la ceinture de son pantalon.

7

La neige s'effondrait sur la place de la Comédie en rideaux opaques qui annulaient le ciel. Angel Matanzas marchait avec précaution sur le sol glissant, louvoyant au milieu de la foule hésitante. Il s'extirpa sans déraper de cette cohue de petits pas et tourna dans la rue des Piliers-de-Tutelle. Il s'arrêta devant la vitrine d'un magasin de jouets où tournait inlassablement un train minuscule dominé par la mâture d'un galion réduit au 1/250. Angel se laissa surprendre par la brusque détente d'un singe jusque là immobile dont seuls les yeux ronds, avides, tournaient lentement dans leurs orbites comme s'il allait se saisir du chemin de fer miniature pour venir y contrôler les billets. L'animal en peluche s'était jeté sur la vitre en ouvrant démesurément une gueule sans dents et avait repris instantanément sa place. D'autres bestioles étaient animées d'une vie discrète : un boa rouge et vert ondulait lentement, sa langue fourchue dardant parfois, pendant qu'un léopard, le museau dans les pattes, se contentait de respirer. Angel haussa les épaules et reprit sa marche, non sans avoir jeté au singe impulsif un coup d'œil méfiant.

Quand il entra « Chez Rintintin », la chaleur se colla à son visage comme une serviette bouillante et il passa sur son front une main étonnée. Il s'installa au comptoir sur un haut tabouret bancal. C'était l'heure de l'apéro. Deux femmes plutôt jeunes, plutôt jolies, vêtues de cuir et de velours, discutaient à l'autre bout du zinc en sirotant du vin cuit. Angel les dévisagea jusqu'à ce que l'une d'elles s'aperçût de son insistance et prévînt sa copine. Ayant interrompu leur conversation, elles le considérèrent pendant quelques secondes avec curiosité, puis reprirent leurs papotages. Le barman, un gros type d'une cinquantaine d'années, que tout le monde appelait Léopold, les cheveux coupés ras et le visage couperosé, s'approcha d'Angel pour lui demander ce que ce serait.

— Un Berger blanc, commanda Angel.

— Putain, fit le barman. Angel.

Ils se serrèrent la main avec empressement.

— Qu'est-ce que tu fais à Bordeaux ? T'es plus interdit ?

— Des affaires, répondit l'Espagnol. L'interdiction, je m'en tape.

— Ça fait bien cinq ans ?

Angel eut un geste d'excuse ironique.

— L'herbe était plus verte ailleurs. Ici, y avait trop de veaux dans le pré.

— Tu dis pas ça pour moi, j'espère.

Angel sourit largement.

— Mais non. Je serais pas venu, si j'avais pensé ça.

Un chien-loup se dressa tout à coup derrière le bar.

— T'as toujours ton chien ?

— Ouais. Le troisième Rintintin de la dynastie. Le vieux est mort l'an dernier.

Le chien appuya ses pattes avant sur le bord du comptoir et tendit son museau pointu, les oreilles dressées, vers Angel. Quand l'Espagnol eut le geste d'approcher sa main, le berger allemand émit un grondement sourd. Une paire de crocs brilla furtivement.

— Il a pas l'air commode.

— Faut ce qu'il faut. Y a deux ans, j'ai failli laisser la peau des couilles. Ça me rassure de le savoir là.

Angel s'étonna. Il lorgna du côté des deux filles qui papotaient toujours. L'une d'elles le regarda d'un air dédaigneux.

— Ouais, reprit le gros. Des bougnoules de Saint-Michel qui avaient décidé de nous taxer, dans le quartier. Putain ça a duré six mois. De la baston presque tous les soirs, les vitrines qui volaient, les clients qui venaient plus ! Les flics arrivaient toujours deux heures après, mais ça les a pas empêchés de me faire fermer quinze jours, ces enculés. Je connais du monde à la mairie, mais tu peux y aller, rien à faire ! Ils m'attendront, la prochaine fois qu'ils auront besoin de moi ! Bref. On en a profité pour nettoyer le paysage. On a distribué quelques branlées et on leur a même flingué quelques bagnoles. On leur a fait transpirer le méchoui, à ces tantes. Maintenant, ça va. Cambouis les fait un peu bosser pour lui, ça les calme. Mais je les veux pas ici, à cause de la clientèle.

Angel ricana en montrant les deux filles.

— Elles font la fine gueule, maintenant ?

— Pas elles. Ce sont des copines. Je t'en présenterai d'autres, si tu veux. Elles arrivent tout à l'heure. Mais l'été, c'est plein de touristes, ici ! Tu les vois débarquer en groupes avec leurs camescopes. À midi, on a même un menu régional, confit et pâté, faut voir les Allemands se jeter dessus en noyant ça dans des litres de bière ! Et ils repartent en disant qu'ils parleront de nous à leurs potes, je te jure !

— C'est toi qui fais la bouffe ? s'étonna Angel.

— Non. Un copain.

Depuis un moment, le gros jetait des regards rapides par-dessus l'épaule d'Angel.

— Je voudrais pas me mêler de ce qui me regarde pas, mais t'as bien connu ce mec, qui est assis là-bas dans le fond, non ?

Angel se retourna.

— Tu pouvais pas me le dire, qu'il était là ?

Il prit son verre et se dirigea vers le fond de la salle où un homme d'une soixantaine d'années, dont le crâne luisait au-dessus de lunettes noires, était attablé en compagnie d'une sorte de géant au visage aussi large et carré que les épaules. Comme Angel s'approchait, le géant se leva. Il dépassait l'Espagnol d'une bonne tête, et lui barrait la route.

— Qu'est-ce que vous voulez ?

— Parler à René. Laisse-moi passer.

— Qui t'es ?

— Qu'est-ce que ça peut te foutre ? Tu veux me filer un rencard ?

Derrière le gorille, la voix de l'Aveugle s'éleva.

— Va faire un tour, Daniel. Laisse Angel approcher.

— Merde, fit le colosse. C'est toi Matanzas ? Excuse-moi, hein ?

Il tendit sa main avec un sourire embarrassé. Angel le toisa, leva la tête pour s'adresser à lui.

— Va faire un bonhomme de neige, on t'a dit. Tu reviendras pour le dégel.

Le géant soupira et sortit. L'Aveugle s'était levé. Angel et lui tombèrent dans les bras l'un de l'autre en se tapant doucement dans le dos. Ils échangèrent leurs prénoms en guise de salutation émue et sobre.

— T'as grossi, fit remarquer René.

Angel rit silencieusement, vaguement admiratif.

— Ton pas est aussi lourd que celui de Daniel,

expliqua l'Aveugle. Et tu sens les ennuis. T'es en affaires ?

Pendant qu'ils s'asseyaient, Angel lui confia que c'était une affaire importante et bien payée, et qu'il serait reparti le lendemain.

— Je crèche à l'hôtel Burdigala, j'ai les moyens !

L'Aveugle émit un sifflement.

— T'es toujours dans le lavage des bagnoles, en Espagne ?

— Ouais. Ça et les manèges dans les centres commerciaux. C'est des comptas peinardes.

— Je sais. J'ai mis un peu de blé là-dedans. Mais je préfère mon boui-boui, au moins c'est sûr. J'ai un comptable, un vrai, un sérieux. C'est pas compliqué, il a travaillé pour le foot à un haut niveau.

— C'est une garantie, approuva Angel gravement. C'est que t'es plus tout jeune !

L'Aveugle fit un signe en direction du bar. La voix du gros s'enquit de la commande.

— Du champ ! ordonna René. Et du bon... Pas une de tes roteuses au rabais !

Le gros s'affaira derrière son comptoir, et apporta cinq minutes plus tard un seau cliquetant de glace et deux coupes. Comme il s'apprêtait à ouvrir la bouteille, l'Aveugle l'interrompit.

— Laisse. On s'en occupe.

Le barman se retira à reculons, s'inclinant presque.

— Débouche, Angel.

L'Espagnol eut raison du bouchon sans trop d'efforts. Il versa lentement, prit garde à ne pas faire déborder les coupes. La main de l'Aveugle survola la table et s'abattit sur l'une d'elles sans hésiter. Ils burent sans rien dire, et firent claquer leur langue presque en même temps. Les lunettes noires fixaient sur Angel un semblant de regard, vaste et luisant, où le reste de la salle se reflétait en formes arrondies. Comme le silence entre eux menaçait de s'éterniser, Angel se râcla la gorge et s'agita nerveusement d'une sorte de rire.

— Je suis content de te voir. Et puis c'est bon d'être à Bordeaux.

René tendit sa coupe vide. Angel la remplit, se servit encore. Le cul de la bouteille ruisselait d'eau froide.

— Tu parles plus comme avant, fit René. T'as changé.

Angel bafouilla de vagues excuses, le regard ailleurs. Cela faisait longtemps, on perd ses repères. Il ne s'attendait pas à le trouver là.

— Je suis venu voir le gros pour avoir des nouvelles de tout le monde, tu comprends ? Je repars demain, je te l'ai dit.

— Ça vaudra mieux. Tu pues la trouille à plein nez, affirma l'Aveugle. Je me trompe jamais. Laisse tomber ton affaire, t'as la guigne, je te dis.

Angel posa sa coupe d'un geste brutal et bruyant. Son visage s'était figé, tiré vers le bas par les tendons saillants du cou.

— Arrête, René. Occupe-toi de ton restau et laisse-moi traiter mes affaires. De quoi tu veux que j'aie peur ?

L'Aveugle ne répondit pas. Il se contenta de se caler contre le dossier de sa chaise en sirotant son champagne comme s'il s'agissait d'une liqueur.

— T'énerve pas, hermano. J'ai rien dit. Je ne suis qu'un con d'Aveugle, et toi t'es un grand chasseur. Pas vrai ?

Il éclata de rire, hasarda sa main sur sa droite pour trouver la bouteille et se resservit. Angel le contemplait en tirant nerveusement sur sa cigarette. Tout à coup, il regarda sa montre. Il expliqua qu'il devait y aller, qu'ils se reverraient sûrement. L'Aveugle gardait la tête baissée, comme s'il examinait la table, la coupe de champagne appuyée contre le menton.

— Vas-y, conseilla-t-il.

— Une femme, ajouta Angel d'un air embarrassé.

— Je croyais que ça t'avait passé... Va-t-en...

Il leva la tête vers l'Espagnol dont l'image déformée semblait être absorbée goulûment par les lunettes noires. Les deux hommes se serrèrent la main. Angel posa sa main sur l'épaule de l'Aveugle, qui se déroba d'un mouvement imperceptible.

— Grouille-toi, elle va refroidir, sourit-il, la tête légèrement penchée.

Angel s'éloigna, salua au comptoir le gros qui était en train de parler à son chien, et qui refusa le billet de deux cents qu'il lui tendait.

— C'est moi qui offre, fit l'Espagnol avec autorité en montrant d'un mouvement de tête l'Aveugle tassé sur sa chaise.

Dès qu'il fut dehors, il reprit sa marche précaire dans les rues piétonnières qui commençaient à se vider de leurs passants et se trouvaient couvertes d'une épaisseur de neige qui promettait d'augmenter encore, vu l'intensité de l'effondrement blanc s'acharnant sur la ville. Les clochards s'installaient sous le hall des Nouvelles Galeries ou sous les porches les plus profonds laissés à l'abri par les tourbillons glacés, en se caparaçonnant de cartons d'emballage, dégageant la neige qui s'entassait parfois au pied des murs où le vent l'abandonnait. Sur la place Gambetta, un autobus s'était mis en travers de la chaussée, son grand habitacle articulé tranformé en cauchemar urbain. La neige s'accumulait sans vergogne sur les voitures désormais bloquées et dont les conducteurs, que menaçait la panne sèche, n'avaient même plus l'énergie d'appuyer sur le klaxon pour se prouver qu'ils existaient encore.

Il trouva dans la rue du Palais-Gallien le bar où la fille lui avait fixé rendez-vous au téléphone. Il trouva la fille, aussi, enfoncée dans un manteau de fourrure synthétique assez semblable à ceux que portaient les copines du gros. Elle était plutôt blonde et peu maquillée, et fumait un petit cigare en buvant un jus d'orange. Ils échangèrent quelques mots d'identification et s'accordèrent sans peine sur le tarif. Angel suivit la fille, qui logeait non loin de là dans un studio situé au deuxième étage d'un immeuble récemment rénové dont la façade de pierre blanche tranchait singulièrement avec la noirceur unanime de la rue. Ils se déshabillèrent – la femme avait de gros seins qu'Angel s'empressa de pétrir sans douceur pendant qu'elle ôtait sa culotte – et ils se couchèrent. Le préservatif fut l'objet d'une courte négociation qui aboutit à une ristourne. Angel jouit en deux ou trois minutes, juché sur la fille à plat ventre écrasée contre le matelas. La chose faite, il se renversa sur le dos et se plaignit de ce que l'acte eût été si bref, c'était toujours pareil, avec toutes les filles, précisa-t-il. Laura – elle avait dit s'appeler ainsi – l'écouta tout en allumant un petit cigare, et lui souffla doucement la fumée au visage en le rassurant de quelques promesses lestes. Angel se redressa brutalement et envoya le cigare dinguer à l'autre bout de la pièce d'une gifle qui renversa la fille sur le côté. Elle protesta, debout, un pan de drap ramené sur son corps dans un sursaut de pudeur, et recula en lui criant de récupérer son argent et de partir. Angel s'approcha d'elle et la gifla de nouveau, du revers de sa main large et dure, et la jeta au sol. Là, il la battit encore, à coups de pieds et de poings, la frappant surtout aux seins et au ventre. Comme l'envie lui avait repris, il la pénétra de nouveau et n'eut pas à s'acharner longtemps pour grogner son plaisir. Il se rhabilla en hâte et insulta la fille recroquevillée sur la moquette, il la couvrit de toute l'ordure verbale dont il était capable, et claqua en sortant la porte derrière lui.

8

Emilia leur avait serré la main presque sans les regarder, puis les avait conduits au chevet du blessé. Gérard, le médecin, avait examiné la plaie, palpé les alentours gonflés, et diagnostiqué un œdème et une hémorragie interne. La tension était trop faible, et il fallait hospitaliser pour procéder à une transfusion et extraire la balle. Il avait expliqué chacun de ses gestes à voix basse, sans quitter Tomas des yeux, et donna sa conclusion en levant les yeux vers Emilia. Pierre se tenait en retrait, dans l'ombre, et n'avait pas prononcé un mot.

— Je vais le ramener en Euskadi, décida Emilia. Les copains s'en chargeront.

— L'artère hépatique a été touchée, apparemment. L'hémorragie risque de reprendre d'un moment à l'autre en cas de mouvements trop brusques, et il peut mourir.

— Mourir ? s'étonna Emilia.

Le toubib préparait une injection d'antibiotique. Il s'interrompit pour la regarder.

— Tu vas pas me dire que vous n'y pensez jamais, à faire les cons avec vos explosifs et vos flingues ?

— Fais ta piqûre et va-t-en, dit-elle en se levant brusquement pour marcher vers la fenêtre. Je ne vois pas l'intérêt de discuter avec toi maintenant.

Elle se tourna vers Pierre :

— Je croyais que c'était un mec sûr !

Gérard piqua. Il enfonça lentement le piston de la seringue, puis massa le muscle pour hâter la dispersion du produit.

— T'inquiète pas, dit-il en rangeant son matériel. Des cons dans mon genre, t'en trouveras plus beaucoup... Prendre des risques et se faire jeter par l'hystéro de service. Bon. Tu lui prends la température toutes les deux heures, et tu la laisses pas dépasser quarante. Si ça arrive, il vous restera l'hôpital. Je ne peux rien faire d'autre.

Il se leva et marcha vers la porte. Il rejoignit Pierre qui était passé dans la cuisine.

— Ils sont mal barrés, murmura-t-il. Il faudrait l'hospitaliser tout de suite et l'opérer. Si elle le ramène dans le Pays Basque, il va crever dans les Landes, son mec. Tâche de la convaincre. Mais j'ai plutôt l'impression que pour elle, c'est *Victoria o Muerte*...

Pierre raccompagna le médecin sur le palier et le regarda descendre l'escalier la tête basse. Quand il rentra dans la cuisine, Emilia le regarda fixement.

— Tu l'as entendu ? demanda-t-il.

— C'est un con... De quoi je me mêle ?

— Tomas va sans doute mourir, observa Pierre.

Elle secoua la tête furieusement.

— Demain, je le ramène à Bayonne. Là-bas, j'aviserai pour qu'on le soigne sur place ou au sud.

— Tout est bouclé. Tu as entendu, à la radio ? Un des gendarmes est mort dans l'après-midi.

Elle détourna son regard, passa une main hésitante dans ses cheveux. Elle s'approcha de la cafetière, remplit une casserole qu'elle mit à chauffer.

— Mikel aussi est mort. Hospitaliser Tomas, ça revient

à le livrer aux flics. Et ça, jamais. Et puis leur bouclage au pays, c'est de la merde. Ils ne bouclent rien. Ce n'est pas parce qu'ils occupent qu'ils contrôlent. Tu peux toujours tenir un chien en laisse. Mais pour ce qui est d'en être le maître...

— Tu ne sauveras pas Tomas avec des formules magiques de ce genre.

Les yeux d'Emilia brillèrent.

— Merde, Pierre ! Pas toi !

Elle avait parlé avec une douceur presque implorante. Elle servit le café dans deux tasses de verre. Ils le burent en silence, en se brûlant les lèvres.

— Ça fait combien de temps ? demanda Emilia.

Pierre la regarda avec étonnement.

— Enfin... Que... Qu'on ne s'est pas revus.

— Dix ou onze ans. Onze.

— Tu es marié ? Tu as des enfants ?

— Arrête. Me joue pas la scène de retrouvailles des anciens amants.

Elle rit silencieusement. D'un mauvais rire qui la renversa sur la chaise, les yeux mi-clos rivés à l'homme.

— C'est mon fond espagnol, ça, les conventions de ce genre. Les plaies au cœur et tout le tralala.

— Tu es espagnole quand ça t'arrange, on dirait.

— J'ai troublé le bel agencement de ton existence de petit Français de gauche, je crois. Rassure-toi, je vais m'arrêter avant que la jolie façade se lézarde. Dis-toi bien que je ne t'ai pas appelé pour le plaisir de revoir tes grands yeux noirs. Tomas vivant, c'est tout ce qui compte.

— C'est plutôt mal engagé de ce côté-là. Mais moi, je suis content de te voir. Je...

— Tais-toi, tu vas dire des conneries. Je suis certaine qu'elle est très belle, et douce. C'est sûrement une fille bien. Tu étais très exigeant, à l'époque. Les plus jolies y sont passées et s'en trouvaient ravies.

— Tu parles pour toi ?

— Bien sûr. Ravies, et bouleversées, quand ça finissait. Parce que ça finissait toujours, et mal.

— Tu dis n'importe quoi. Je vais partir.

Il se leva, demeura hésitant près de sa chaise.

— Je suis déçue, murmura-t-elle. Mais c'est tant pis. Tant pis pour tout.

— Comment tu vas te débrouiller, demain ?

Elle posa son index sur sa bouche en roulant des yeux.

— Secret d'orga, camarade tranquille !

Il lui fit un petit salut de la main, d'un air gêné. Il lui tourna le dos, se dirigea vers la porte, un peu voûté. Quand il fut sur le palier, au moment où il allait refermer, Emilia cria :

— Je sais comment je ferai : j'appellerai une ambulance, ça me changera des croque-morts !

9

«Je la mènerai en un lieu délaissé par les pas des hommes et l'enfermerai toute vive au fond d'un souterrain creusé dans le rocher…

— Non! s'écria le metteur en scène. Non! «Toute vive». C'est ça, tu comprends? Le châtiment le voilà! Créon veut qu'Antigone vive la souffrance qu'il va lui infliger, tu piges? Alors laisse respirer la phrase à ce moment-là, un peu comme s'il hésitait à parler davantage.

Le comédien recommença, buta sur un mot, reprit encore.

Pierre s'assit à côté de Mathilde. Elle se tourna vers lui au grincement qu'émit le siège. Elle avait sur les genoux le texte de la pièce, à la bouche un crayon à papier.

— J'ai cru que tu étais rentré directement, chuchota-t-elle. T'as fini tard?

— Le truc a tourné court. Ils étaient en grève ce matin. À dix heures, j'étais au bureau. J'ai bossé avec Philippe toute la journée, et il m'a payé un apéro à Saint-Michel.

Elle le regarda d'un air étonné.

— Je croyais que tu ne lui adressais plus la parole depuis l'année dernière!

— Oui, bon, fit-il avec un peu d'agacement. On a un peu parlé de ça aussi.

— T'as l'air fatigué, observa-t-elle en posant une main sur sa cuisse. C'est dur, ce soir. On n'y arrive pas. On bute sur Créon, et Marc est complètement coincé.

— T'as vu le bordel, en ville, avec toute cette neige ?

— Demain, on reste au lit pour cause de verglas !

Elle se pencha vers lui et l'embrassa sur la joue. Ils se turent pour écouter la sentence de Créon.

— Je le sens pas, s'interrompit le Roi de Thèbes.

— Tu ne sens pas grand-chose, depuis quelque temps, rétorqua le metteur en scène depuis le siège qu'il occupait dans la salle, au troisième rang. Et c'est pas le nez, qui est bouché.

Le visage osseux de l'homme de théâtre se tendait, excessivement creusé de rides par les éclairages durs, vers le plateau où hésitaient les comédiens. Il se leva brusquement, leur fit signe de s'approcher, et leur parla à voix basse.

— On va boire un coup avec Anne et Simon, après ? demanda Mathilde. Ils veulent aller à l'Écran Noir.

Pierre leva les yeux vers les portiques où brillaient les projecteurs. La charpente de l'ancien entrepôt se courbait en arcs tendus dans l'ombre haute. Il ramena son regard vers Mathilde qui l'examinait avec gravité.

— Tu m'as entendue ? demanda-t-elle.

Il secoua la tête, essaya de sourire.

— Qu'est-ce que tu disais ?

— Anne et Simon veulent aller à L'Écran Noir, répéta-t-elle.

— Si tu veux.

— Comment, si je veux ? Tu n'en as pas envie ?

— Si, si. Je suis un peu crevé, mais ça va passer.

Elle le regardait d'un air indécis.

— Il y a des soirs où les cercles de qualité me semblent plus vicieux que jamais, s'excusa-t-il. On peut fumer, ici ?

— Bien sûr. Tu le sais bien.

Une jeune femme blonde, aux cheveux très courts, s'approcha. Pierre se leva pour l'embrasser. Elle lui demanda si c'était d'accord pour aller boire un verre après la répétition.

— Ça fait longtemps qu'on n'a pas traîné la nuit, ajouta-t-elle.

— Pierre est crevé, dit Mathilde, et je ne sais pas si...

— Non, ça ira, fit-il.

Ils se regardèrent tous les trois et se sourirent. Pierre écrasa sa cigarette à peine commencée et ébouriffa les cheveux d'Anne. Ils descendirent les gradins pour rejoindre Simon qui était en train de prendre congé des comédiens en les traitant d'incapables.

— C'est un problème de groupe, et ça te concerne, Mathilde, grinça-t-il. Merde, pendant ce temps, toi, tu tapes la causette !

Il s'interrompit pour saluer Pierre, et finit de donner quelques conseils à la troupe sur un ton acerbe.

Dehors, ils marchèrent d'un pas rapide et raide, saisis par le froid brutal. Simon racontait des histoires de bonshommes de neige.

— J'en connais qui auraient mieux joué que Marc. Qu'est-ce qu'il a en ce moment ? Il baise plus, ou quoi ?

— Il travaille avec un metteur en scène dont la finesse d'analyse psychologique est colossale, répliqua Anne. Quand on t'écoute parler, on en reste pantois.

Mathilde se tourna vers Simon pour épier sur son visage l'effet produit par l'attaque. Le metteur en scène se contenta de tordre la bouche et shoota dans un petit tas de neige qui retomba sur sa chaussure.

L'enseigne de l'Écran Noir – un bout de pellicule géant bordé de néon – brilla au loin. Quand ils poussèrent la porte, la chaleur, la fumée et la rumeur des voix mêlées à un air de jazz qui swinguait au-dessus des têtes leur sautèrent au visage. Une table se libéra, qu'ils occupèrent aussitôt, à proximité d'un billard autour duquel s'affairaient de faux virtuoses et quelques alcooliques authentiques.

Ils commandèrent en connaisseurs de vieux whiskies. Anne préféra une vodka polonaise, par patriotisme ancestral. La conversation roula d'abord sur les qualités comparées des bourbons sudistes, des whiskeys irlandais et des pure-malt. Simon animait le débat avec érudition et commanda un « Bushmills » où s'incarnait l'âme résistante du peuple irlandais.

— Et les Basques se battent mieux quand ils picolent de l'Izarra, ironisa Pierre.

— Va savoir, répondit Anne. En Pologne, c'est la vodka qui sert de carburant nationaliste.

— Je croyais que c'était l'eau bénite, fit Mathilde.

Un ange se faufila entre eux, que Simon congédia en finissant son verre et en s'efforçant de rire :

— Et nos légionnaires, en Arabie, il vont monter à l'assaut chargés à la bière sans alcool ?

La discussion roula sur la guerre prochaine qu'ils s'accordaient tous à penser inévitable : Simon parce qu'il estimait que le droit international devait être défendu face à une telle intransigeance du dictateur, Mathilde parce qu'elle pensait les Américains prêts à tout pour imposer leur loi, et le président français décidé à ne rater aucune guerre dégueulasse. Ils parlèrent longtemps, tendus et opiniâtres. Anne hésitait, avec des arguments humanistes qui se retournaient tout seuls, et Pierre se contentait le plus souvent, le nez dans son verre, d'un humour macabre qui ne faisait rire que lui et lui valait des regards furieux de la part de Simon.

— Vive la gauche cadavre, clama-t-il en levant le poing. Rigide à l'extérieur, molle et corrompue en dedans. Pourriture garantie au bout du compte.

Mathilde applaudit en riant. Simon proposa d'arrêter là la discussion. Ils parlèrent ensuite des vacances de Pâques, ils firent des projets. Anne envisageait d'acheter une maison. Avoir des murs à soi, c'était rassurant. Avec des enfants dedans, précisa-t-elle. Ils tombèrent d'accord sur cette vision des choses, puis se turent, verres vides, pour examiner la faune qui se pressait autour d'eux. C'était une foule sombre et bruyante parcourue d'éclats de rire et de mouvements confus qui semblaient se propager en ondes successives et s'abolissaient dans la semi-obscurité alourdie de fumée. Des rockers locaux traînaient leur morgue accrochés au comptoir, vêtus de noir, le visage livide et mal rasé, environnés de filles aux cheveux teints qui riaient fort. L'un d'eux poussa un hurlement en s'apercevant que la sono, quoiqu'en sourdine, diffusait un concert de Franck Sinatra et Count Basie. Il hurla de nouveau, son verre à bout de bras, et ceux qui se tournèrent vers lui purent comprendre qu'il réclamait du rock n'roll. Ses copains s'esclaffèrent, les filles firent chorus, certaines brandissant des bouteilles de bière qu'elles buvaient au goulot.

Quand Pierre et les autres se levèrent pour sortir, leur table fut prise d'assaut par trois jeunes gens hilares qui se disputèrent les chaises en chahutant, comme s'il s'était agi d'un nouveau jeu de société. Dehors, la rue était blanche, sertie dans un silence étouffé de glace.

— C'est beau, dit Mathilde en soufflant devant elle des petits paquets de brouillard intérieur.

Anne titubait un peu. La Pologne était loin, et elle le fit remarquer aux autres. Ils s'arrêtèrent tous au milieu de la rue couverte de neige et regardèrent autour d'eux sans rien dire, avec une sorte d'étonnement. Simon fredonna une chanson de Springsteen et se remit à marcher le premier. C'était « Johnny 99 »,et il le chantait bien.

De retour chez eux, Mathilde et Pierre burent encore un verre et écoutèrent de la musique, assis dans les profondeurs d'un canapé coûteux, à peine éclairés par une lampe tapie dans un angle du salon. Un duo de piano et de batterie partageait la pièce en deux camps, et dans la pénombre les contretemps et les syncopes s'écharpaient sévèrement. Mathilde avait allongé ses jambes sur la méridienne et fermait les yeux. Lorsque Pierre aventura une main sous sa jupe longue, elle le laissa faire, et même, l'emprisonna entre ses cuisses. Les yeux toujours clos, elle se mordait les lèvres, pendant qu'un saxophone venait arbitrer le duel musical.

Ils firent l'amour sans ôter leurs vêtements, sans parler, avec des mouvements lents que l'ombre semblait figer parfois. Sa jupe retroussée sur les cuisses, Mathilde chevaucha Pierre. Ils se renversèrent. Il se trouva sur elle, ils roulèrent au sol. Ils ne se caressaient pas. Ils ne se regardaient pas. Ils se tenaient, accrochés l'un à l'autre; Pierre pressait son front dans le cou de la femme avec acharnement, ses mains crispées à ses épaules. Ils eurent des râles, des petits cris qui ressemblaient à des pleurs. Après, ils demeurèrent longtemps l'un contre l'autre, dans le silence du disque qui s'était tu, presque endormis. Ils décidèrent d'aller se coucher d'une même impulsion, sans un mot.

Dans la nuit, Pierre se leva pour vomir. Il resta à genoux, la tête au ras de la cuvette, les yeux pleins de larmes, bouche ouverte. De la bave en longs filets hésitait à couler entre chaque spasme. De la chambre, Mathilde lui demanda s'il allait mieux. Comme il ne répondit pas, elle se leva et vint l'embrasser dans le dos alors qu'il se rinçait la bouche au lavabo. Elle lui dit qu'il était pâle, essuyait son visage en sueur, un sourire inquiet aux lèvres.

10

L'inspecteur principal Garcia entra dans le bureau avec précipitation, comme on se met à l'abri d'une averse. Il émit pour lui-même une remarque à propos du froid qui régnait sur la ville, protesta contre la neige qui paralysait tout. Il leva les yeux et arrêta net de s'agiter et de se plaindre. Son collègue Richard tendait vers lui une feuille de papier dont son bras filiforme, flottant dans l'immense pull-over, semblait avoir du mal à supporter le poids.

— Léopold, articula le visage osseux. J'ai pris son téléphone.

— Quoi, Léopold ? demanda Garcia en s'approchant de la cafetière électrique. Il est chaud ?

— Léopold j'en sais rien, mais le jus est tiédasse.

Garcia haussa les épaules et remplit une tasse de verre brun.

— T'es un marrant, observa-t-il entre deux gorgées. Qu'est-ce qu'il me veut ce gros con ?

L'inspecteur Richard tordit la bouche et posa le bout de papier sur la table.

— Je veux parler au commissaire Garcia, il a dit. Et à personne d'autre, c'est urgent.

— Il m'a bombardé commissaire ? Quel rampant !

Garcia feignit d'avaler son café et passa derrière son bureau pour téléphoner.

— Laisse, je connais le numéro par cœur, dit-il à l'autre qui lui tendait à nouveau le papier avec effort.

Léopold dut répondre sans tarder, car la conversation démarra aussitôt. Garcia écouta surtout. Il prononça quelques jurons, les dents serrées, pour ponctuer ce que le bistrotier lui racontait. Il prit quelques notes sur un vieux calepin qui se trouvait là, et il les orna de tracés abstraits où dominaient des motifs de damiers, à la manière d'un Vasarely indigent. Garcia raccrocha et se leva.

— Viens avec moi. Bouge tes os.

Richard le regarda d'un air mauvais, puis se leva à son tour.

— Toi aussi, t'es un marrant quand tu t'y mets. On va où ?

— Visiter un aveugle. Un vrai. Il a rien vu, mais il sait tout.

— René l'Aveugle ?

Garcia ne répondit pas. Il marchait à grands pas dans le couloir qui menait aux ascenseurs, s'engouffra dans le premier qui se présenta, sans se soucier de Richard qui sauva de justesse ses longs membres de l'amputation lorsque la porte coulissa pour se refermer.

— Matanzas, dit Garcia. Tu connais ?

— C'est pas une question à poser. Ce genre de dingue, c'est un remède contre l'amnésie. Qu'est-ce qu'il a ? Il est mort, ou il a tué une pute ?

— Il est à Bordeaux.

— Avec l'interdiction de séjour qu'il se traîne…

Ils sortirent de l'ascenseur et se trouvèrent aussitôt dans la pénombre bleuâtre des néons du garage.

— Ils ont trinqué, hier soir, l'Aveugle et lui.

Champagne, si tu veux savoir. Ils se sont rencontrés par hasard, apparemment. Matanzas faisait la tournée des vieilles connaissances.

— Il aurait dû passer te voir, vous auriez pu causer de la petite Violette, dit Richard en prenant le volant d'une voiture banalisée.

Les rues étroites du quartier des Chartrons étaient encombrées de véhicules en difficulté qui manœuvraient maladroitement sur le verglas comme de gros insectes surpris par un nuage de fly-tox. Garcia s'impatientait derrière tous ces crétins qui auraient mieux fait de rester chez eux, à cause aussi des places de stationnement qui, après trois tours complets du même pâté de maisons, demeuraient un concept urbain flou et sans doute obsolète. Ils tombèrent enfin sur un citoyen plus adroit que les autres qui parquait avec dextérité sa voiture entre deux autres.

— Pique-lui sa place, ou on s'en sortira jamais, fit Garcia.

Richard plaça sur le toit un gyrophare, le mit en marche et descendit de voiture. Il s'approcha de l'homme qui était en train d'achever son créneau, et lui montra par la vitre sa carte de police.

— On a besoin de cette place, monsieur. Veuillez circuler.

L'homme ouvrit sa portière, et demanda de quel droit en jetant un œil indifférent à la carte tricolore.

— Du droit que nous sommes de la police et en mission.

— Je m'en tape, dit l'homme. Ça fait une heure que je tourne sur la patinoire, et j'en ai plein le cul. Je suis déjà en retard.

Il tenait ses clés à la main et s'apprêtait à verrouiller sa portière.

— Alors ce sera la fourrière, monsieur. Avec en prime injures à officier de police judiciaire.

L'homme se trouvait déjà sur le trottoir. Il toisa Richard en faisant sauter ses clés au creux de sa main, et lorgna du côté de la voiture coiffée de son gyrophare.

— Vous êtes vraiment des casse-couilles, affirma-t-il avec force. Payés pour faire chier le monde.

Il revint sur la chaussée.

— Soyez poli, conseilla Richard, ou je dresse procès-verbal.

— Je vous croyais en mission urgente, fit remarquer l'homme. Et vous allez prendre le temps de me balancer un P. V. ? Vous me prenez pour un con ?

— Dis à ce peigne-cul de dégager, ordonna Garcia en se penchant par la vitre. Ou j'appelle Police-Secours.

— Qui c'est, lui ? demanda l'homme avec mépris.

— Un inspecteur principal. Je vous préviens, il n'est pas commode.

L'homme ouvrit posément sa portière, et s'assit au volant.

— C'est comme dans l'armée, fit-il. Les plus cons sont à la barre.

Il claqua sa portière, et manœuvra rapidement pour s'éloigner dans la rue.

— On aurait dû relever le numéro, fit Garcia.

Richard, qui avait du mal à maîtriser la glissade du véhicule vers le caniveau, demanda à quoi bon en soufflant. Ses grands bras, qui maniaient le volant avec des gestes vastes et circulaires, semblaient compliquer la manœuvre.

Ils arrivèrent devant « La Gamelle des Chartrons », un restaurant qui proposait des menus touristiques, gastronomiques et « dégustation » à des prix prohibitifs qui en tenaient éloignés les palais rugueux de la plèbe bordelaise. Mitoyen au restaurant, l'ancien chai abritait un bar de nuit spécialisé dans les cocktails exotiques.

— C'est tout Bordeaux, ça, observa Richard.

Garcia ne prêta pas attention aux velléités critiques de son collègue et pressa sur un bouton de sonnette. Un pas traînant se fit entendre, et la porte s'entrouvrit sur un colosse en survêtement qui examina les cartes de police qu'on lui présentait.

— Bonjour, fit le colosse, vaguement étonné.

— Il faut qu'on parle à René, dit Garcia.

— Je crois qu'il n'est pas là, aujourd'hui.

Garcia poussa la porte.

— Viens, dit Garcia à Richard. Ou ce con-là va nous raconter que son patron est allé au cinéma.

— Vous avez un mandat ? s'inquiéta le géant.

— Pourquoi ? T'es fauché ? demanda Richard. Y a problème salarial dans l'entreprise ?

— Si vous n'avez pas de mandat, je...

— Fais pas chier, dit Garcia. C'est où ?

Le colosse les précéda jusqu'au fond du bar et monta un escalier moquetté de rouge. Sur le palier du premier étage, il leur montra une porte, rouge elle aussi.

— C'est là, je vais frapper.

Garcia l'interrompit dans son geste et ouvrit la porte. Elle donnait sur un salon entièrement peint, recouvert, décoré de noir.

Seul l'acier dépoli qui portait certains meubles échappait à ce deuil général. René apparut presque aussitôt. Il s'essuyait le cou à l'aide d'une petite serviette-éponge.

— Ça faisait longtemps, dit-il sourdement. Vous me manquiez. Je sors tout juste de la douche. Je suis un mec propre, moi. Laisse-nous, Daniel. Ces messieurs sont civilisés, désormais.

Daniel quitta la pièce. On entendit ses pas descendre l'escalier. René invita les flics à s'asseoir, et s'installa lui-même dans un fauteuil de cuir. Il croisa les jambes et posa ses mains à plat sur les accoudoirs.

— J'aimerais avoir des nouvelles d'Angel, dit Garcia. On sait que tu l'as vu hier soir, et que vous avez bu le champ'ensemble.

— Léopold parle trop. Je le savais, murmura l'Aveugle en tapotant les accoudoirs du bout des doigts. Angel va bien. Il n'est à Bordeaux que pour deux jours. Il avait de la famille à voir. Foutez-lui la paix.

Garcia et Richard se regardèrent.

— Que vous me croyiez ou non, c'est la vérité. Moi, je m'en fous d'Angel. Je l'ai revu par hasard, parce que je me trouvais là. J'étais plutôt content de le savoir loin, vous savez. Le types qui maltraitent les filles, on n'aime pas trop ça.

— Il a même failli en tuer deux, précisa Garcia.

— Il est fou, affirma l'Aveugle. C'est un malade. Un jour, il tuera quelqu'un.

— Au cours d'une de ces attaques à main armée où il est passé maître ?

— Là, vous affirmez sans preuves... Il a été injustement condamné.

— Bon, fit Garcia en se levant. Il faut qu'on progresse. Voilà. Angel et toi, tout le monde sait que vous étiez comme deux frères. Le jour où ta boîte a explosé, à Andernos, il t'a sauvé la vie en éteignant l'incendie sur toi, pas vrai ? Ce sont des dettes qu'on n'efface pas comme ça, chez vous, non ?

— Il aurait mieux fait de sauver mes yeux ou de me laisser crever, prononça René d'une voix enrouée. Parce que maintenant...

Garcia émit un ricanement.

— Pour un désespéré, tu te débrouilles pas mal dans les affaires, il me semble. Tu leur piques consciencieusement leur pognon, aux rupins de la ville... Et ils aiment ça, en plus !

— Ça m'occupe, et c'est mérité ! La bouffe est bonne, ici ! Confondez pas avec les mangeoires à vomi où vous allez roter en famille ! L'affaire est saine, et gérée impec.

Richard éclata de rire.

— C'est grâce à ton comptable ! Tu vas pouvoir lui expédier des colis gourmands en taule, parce que le foot, c'est de l'indigeste !

— Je l'avais prévenu, de pas se mêler de foot. C'est un métier de voleurs.

Garcia s'approcha de l'Aveugle, se pencha au-dessus de lui, et s'appuya des deux poings sur ses mains posées à plat.

— On veut savoir pourquoi Angel est à Bordeaux et où il crèche, demanda-t-il.

— J'en sais rien, répondit l'Aveugle avec une grimace.

Garcia le souleva de son fauteuil et le secoua vivement en le tenant par le col de sa chemise. Quelques boutons sautèrent, qu'on entendit rouler au sol.

— Écoute-moi, l'Aveugle. On va faire un marché. Adrien Bompi est sorti de prison le mois dernier. Tu le connais ?

René hocha la tête.

— Te rappelles-tu qui l'a dénoncé, il y a cinq ans, pour incendie volontaire et racket ? Tu te souviens de cet aveugle minable qui gémissait comme une tante sur son lit d'hôpital, et qui aurait dénoncé toute la ville pour se venger ? Il chialait, l'aveugle, mais il n'avait plus de larmes, c'était vraiment poignant comme spectacle. Alors le premier nom qu'il nous a donné on l'a agrafé et il en a pris pour un maximum, vu que les Gitans, les juges les préfèrent derrière les barreaux d'une centrale. Nous, on a eu pitié de cet infirme qui voulait se flinguer parce qu'il ne verrait jamais plus le cul d'une femme. Vrai, l'Aveugle. On a le cœur tendre, nous autres. Le malheur humain, on peut pas tolérer. C'est pour ça qu'on est flics. Mais c'est donnant, tu comprends ?

Il lâcha l'homme et le laissa s'affaisser dans le fauteuil.

— Imagine, continua Garcia. Imagine que Bompi et sa famille apprennent que tu les as donnés, alors qu'on leur a fait croire, pour te couvrir, qu'on les surveillait depuis un moment déjà. Qu'est-ce qui va se passer, hein ? Tu vois ça ? Non, bien sûr, tu peux pas voir. Alors je vais te dire : ils vont se pointer dans ton restau un jour où ce sera plein de journalistes et de personnalités qui dégusteront du pinard en enculant les mouches, ou bien au cours d'un banquet d'étudiants en commerce bien propres sur eux, et ils vont commencer à jouer les malpolis, tu sais ? Ils vont toucher les femmes, renverser les bouteilles. Casser quelques vitres, même. Ils demanderont après toi en te traitant de pourri, et ça fera un beau bordel. Du coup, les journalistes vont se rappeler que dans les années soixante-dix René Jacquart était mêlé à des trafics de drogue sur la côte Basque et qu'il a bénéficié au moment de payer sa faute d'amitiés bien placées, *because* ses hommes aimaient bien coller les affiches. Ça va faire grabuge, mon bon ! Scandale ! T'as pas idée ! Et puis un jour ils reviendront – c'est têtu, les Gitans, avec leur sens de l'honneur – et ils te trouveront. Je te jure que tu seras content de ne pas voir ce qu'ils vont te faire. Si ça se trouve, on ne retrouvera jamais ton corps ! Tu te rends compte ? Plus d'yeux, plus de corps... Tu seras une vraie tragédie grecque à toi tout seul !

Il se tut brusquement et arracha les lunettes de l'Aveugle. Il les expédia à l'autre bout de la pièce. Les yeux grumeleux, sans iris, parcourus de capillaires bruns, semblaient soudés aux paupières. René haletait, renversé en arrière dans le fauteuil. Il prononça une injure entre ses dents.

— Alors ? s'impatienta le flic.

— Hôtel Burdigala.

— Je le vois très bien en train de lire *le Figaro* dans le fumoir en compagnie des PDG en déplacement, dit Richard.

Garcia prit son collègue par le bras et l'entraîna vers la porte.

— On a ce qu'il nous faut. Ne restons pas là, ce type me fout la nausée. T'as vu le regard dégueulasse qu'il a ?

En bas, dans le bar, le gorille était debout sur une chaise en train de changer une ampoule. Il s'interrompit pour les regarder sortir. Garcia s'arrêta, la main sur la poignée de la porte.

— Va consoler le vieux, il a perdu ses lunettes, dit-il au bricoleur.

Quand ils furent dans la voiture, Richard demanda s'il était indispensable de faire preuve de tant de cruauté et de cynisme. Garcia le regarda sans répondre. Ils tournèrent sur le quai des Chartrons et parvinrent à se faufiler dans le flot de la circulation qui progressait à vingt à l'heure. Au moment où ils passaient devant l'ancienne Bourse Maritime, Garcia rit silencieusement.

— Je le sais que l'Aveugle est une loque. Comme tous les truands une fois qu'ils ont perdu de leur superbe. De toute façon, tu me feras jamais croire que le goût pour l'argent facile et des magouilles leur passe vraiment. Ce sont des saletés de serpents qui dorment, bordel de merde. Faut pas marcher dessus, faut les piétiner. Et puis en intimidant l'Aveugle, on a Matanzas. Tu crois qu'il nous aurait refilé le tuyau si on lui avait parlé gentiment ? Or, Matanzas, je le veux. Ça fait des années que j'attends ça. Il a eu du bol de partir trafiquer en Espagne, je te jure.

— C'est rien qu'un violent, fit Richard. Une brute épaisse.

— C'est plus que ça, tu peux me croire. On va mettre deux collègues sur lui, j'aimerais savoir ce qu'il est venu foutre ici.

Ils se turent en traversant le centre-ville plongé dans une lenteur précautionneuse proche de la paralysie générale. Quand ils arrivèrent à l'Hôtel de Police, Garcia, soudain détendu, déclara qu'ils avaient bien travaillé, et que cela lui avait ouvert l'appétit.

— Sans moi, dit Richard. Je bouffe au restau avec ma femme. Je serai là vers une heure et demie.

Il descendit de voiture et s'éloigna rapidement. Garcia le regarda balancer sa carcasse précaire en tapotant le tableau de bord avec la clé de contact.

— Ta femme, murmura-t-il. Allez vous faire mettre, ta femme et toi.

11

Mathilde avait eu du mal à s'arracher à la chaleur du lit. Déjà prête à partir, elle méditait d'un air sombre devant un bol de café noir et quelques biscottes, face à la fenêtre qui s'ouvrait sur le jardin blanc de neige et de gel. Elle frissonna, alluma une cigarette. Elle avait l'air fatigué. Des cernes creusaient son regard et donnaient à sa pâleur des accents de tristesse. Elle porta une main au chignon hâtif qui rassemblait ses cheveux. La radio ronronnait des informations, distillait des petites phrases que disséquaient des journalistes avides d'exégèse. Une voix enthousiaste annonça que la bourse de Tokyo venait de clôturer en hausse de trois et demi pour cent, et l'on se demandait si par hasard les milieux financiers n'étaient pas dopés par l'imminence de la guerre.

Mathilde soufflait loin devant elle, vers la fenêtre, la fumée de sa cigarette. Elle sursauta légèrement quand Pierre pénétra dans la cuisine. Elle lui demanda s'il se sentait mieux ; il l'embrassa dans le cou en murmurant que oui. Elle le regarda alors qu'il lui tournait le dos, en train de se servir du café, de prendre dans le placard un pot de confiture, un couteau. Il n'avait pas la migraine, non, répondit-il à une question qu'elle n'avait pas posée. Elle s'étonna qu'il fût debout si tôt, puisqu'il ne travaillait que l'après-midi. Il haussa les épaules, mâcha du pain abondamment recouvert de confiture, et la regarda soudain en souriant.

— J'avais envie de te voir.

Elle sourit à son tour, en répliquant qu'il était fou de perdre de précieuses heures de sommeil. Qu'à sa place, elle resterait au lit.

— C'est parce que je t'aime ! déclama-t-il en se frappant le cœur.

— Que t'es con, dit-elle en riant.

Elle regarda sa montre et affirma qu'elle était en retard, se leva et quitta la cuisine. Elle revint embrasser Pierre trente secondes plus tard, son cartable à la main.

— À ce soir, mon amour, ironisa-t-elle.

Quand la porte se fut refermée sur elle, Pierre posa son bol et changea de place pour s'asseoir face à la fenêtre. Le jour se levait, paresseux, sans y croire. Devant la clarté bleue qui s'imposait peu à peu, Pierre demeura sans faire le moindre geste. La radio diffusait un message promotionnel encourageant à manger du Roquefort. Finalement, après avoir fait taire le journaliste qui, pour la énième fois rappelait les titres du journal, il finit d'avaler son café, engloutit une dernière tartine en se maculant le pourtour de la bouche de confiture, comme un enfant.

La neige avait vidé le centre-ville de ses encombrements et de ses passants. Les bus ne roulaient pas, et les travailleurs profiteraient de cette première matinée d'intempéries pour ravir au patronat une journée de labeur, ce qui ne manquerait pas de compromettre le redressement économique du pays. Pierre se gara dans la rue Paul-Louis Lande, où se trouvaient Emilia et

Tomas, en faisant déraper maladroitement la voiture sur la neige gelée. La jeune femme ouvrit dès qu'elle eut identifié sa voix. Elle tenait à la main un gros pistolet ; elle le rangea dans la poche de la canadienne qu'elle avait déjà sur le dos, et déclara à Pierre qu'elle était sûre qu'il viendrait. Après lui avoir proposé un café qu'il refusa d'abord, puis accepta dans un soupir, elle ajouta qu'elle était contente de le voir.

Tomas avait bien dormi, pas elle. Elle avait redouté toute la nuit de le voir mourir à côté d'elle et de se réveiller auprès d'un cadavre. Elle fumait beaucoup et passait tout le temps une main nerveuse dans ses cheveux très noirs. Elle servit du café, qu'elle but en silence.

— Et ta femme ? demanda Emilia au bout d'un moment.

— C'est mon problème, répondit Pierre avec agacement. Tu ne parles pas d'elle.

Elle eut un geste rapide des mains, accompagné d'un écart de sourcils.

— D'accord, d'accord. Je n'ai rien dit.

— Il n'y a personne dans les rues, dit Pierre après qu'un peu de silence entre eux eut dissipé le malaise. Ce sera plus sûr. On prendra ma voiture.

Ils mirent au point les modalités de la sortie de Bordeaux. L'état des routes occuperait les flics à d'autres tâches qu'aux contrôles d'identité. Avec un peu de chance, ils arriveraient à Bayonne en cinq ou six heures.

Pierre alla chercher la voiture et l'arrêta juste devant l'entrée de l'immeuble. Ensuite, il monta pour aider Emilia à soutenir Tomas qui, à demi-conscient, demandait où ils l'emmenaient sans se soucier de l'identité de l'homme sur qui il s'appuyait. Quand ils furent sur le trottoir le blessé se raidit et commença à suffoquer, à cause sans doute du froid tranchant qui se ruait dans ses poumons fatigués. Ils le laissèrent s'affaler sur la banquette arrière et le couvrirent d'un plaid rouge et bleu qui servait à protéger les housses. Pierre engagea prudemment la voiture sur la chaussée totalement verglacée.

Ils traversèrent la ville à vingt à l'heure. Sur le cours de l'Argonne, quelques voitures avaient fini leur course sur le trottoir et semblaient avoir été abandonnées à leur situation précaire, coques de glace incongrues que contournaient prudemment de rares passants. Ils se trouvèrent bientôt dans Talence, où la nationale 10, déguisée en rue de gros village, cherche à reprendre ses droits. La circulation était pratiquement nulle. Des enfants s'amusaient à se lancer de la neige en partant à l'école, éclaboussés de gros impacts blancs qui s'écrasaient contre les cartables portés sur le dos. Pierre fit remarquer leurs jeux à Emilia, qui ne répondit pas, ne regarda même pas. Tomas s'était rendormi. Elle se retourna vers lui pour lui toucher le visage mais n'y parvint pas parce qu'il était placé trop loin d'elle, en diagonale.

Ils roulèrent dans les rails sombres que la circulation avait fini par creuser dans la neige. Par moments les roues s'emballaient sur des plaques gelées et Pierre s'accrochait davantage au volant, le buste légèrement courbé en avant. La campagne peu à peu isola les maisons. Ils longèrent des bâtiments abandonnés, surchargés de neige et menacés d'écroulement, des guinguettes dont l'âge d'or remontait aux fabuleux embouteillages du mois d'août, du temps où l'autoroute n'existait pas encore : on avait du mal à imaginer ces baraquements pris d'assaut par des touristes déshydratés se ruant sur le ravitaillement comme une population en exode. Plus loin, quelques bâtisses, trapues, construites à l'écart de la nationale, ressemblaient davantage à de gros chalets de montagne qu'à des fermes landaises. Pendant une trentaine de kilomètres ils ne croisèrent qu'une vingtaine de voitures qui avançaient pratiquement au pas, conduites le plus souvent par des femmes ou des vieillards. Dans les villages qu'ils traversèrent, rien ne bougeait. Aucun passant, pas même un chien, ou un enfant partant à l'école. Pierre évoqua la fin du monde, un périple engagé par des survivants définitivement seuls. Emilia acquiesça en souriant de façon mélancolique.

Vers onze heures, ils éprouvèrent le besoin de boire quelque chose de chaud, et sortirent de la nationale à quatre voies en empruntant une bretelle et un pont qui ressemblaient assez à une piste de bobsleigh. Le bourg s'éveillait lentement de l'évanouissement blanc, et des autochtones emmitouflés foulaient avec lenteur la neige poudreuse accumulée en paquets hâtifs contre des murs, sur des voitures garées qui semblaient sur le point de s'y enfoncer définitivement. Dans le café où pénétra Pierre, s'étaient réfugiés quelques vieux à béret qui commentaient la situation météo à voix basse en un gascon rapide, décoché par rafales qu'interrompaient de longs silences occupés par des souffles courts, des râclements de gorge, le balancement d'une pendule invisible. On aurait dit que ces hommes – ils étaient trois, assis autour d'une table proche du comptoir – se trouvaient là depuis la veille, bloqués par les intempéries. Pierre commanda un café, et demanda si on pouvait remplir la bouteille thermos qu'il avait trouvée dans le coffre de sa voiture. Le serveur, un jeune type en bras de chemise, immense et large d'épaules, lui prit le récipient et disparut par une porte au-dessus de laquelle était placardée une affiche de corrida datant de l'été précédent.

Pierre garda pendant un moment les yeux fixés sur l'illustration vivement colorée qui figurait un taureau en train de rater sa cible en la personne d'un torero cambré vêtu de lumière et chaussé de bas roses. Ensuite, Pierre sirota son café en fumant une cigarette. Les trois hommes continuaient leur conversation épisodique en version originale. Ils bougeaient très peu, portant leur verre aux lèvres d'un geste lent et précis, pour le reposer sans bruit sur un carton publicitaire posé devant eux. Parfois, ils tournaient la tête vers la fenêtre où se pressait la blancheur lumineuse du dehors, et leurs yeux brillaient alors au fond des orbites compliquées de rides, assombries par le béret rabattu.

Le jeune barman revint avec la bouteille thermos et expliqua qu'il n'avait pas mis de sucre. Il demanda à Pierre où il allait, comme ça, par ce temps, avec ces routes. À Bordeaux, répondit Pierre, ils seraient bientôt arrivés. Il paya son café, le jeune homme lui rendit sa monnaie en lui souhaitant bien du courage. Pierre le remercia, et salua en sortant les trois vieux qui ne réagirent pas.

Emilia avait fait démarrer le moteur pour alimenter l'habitacle en air chaud. Tomas dormait, il était calme. Elle avait l'impression qu'il allait un peu mieux, confia-t-elle à Pierre. Elle remplit le gobelet qui faisait office de cabochon sur la bouteille isotherme et avala le café brûlant en deux gorgées.

— Sans sucre, fit-elle. Tu t'en souvenais ?

Pierre signifia de la tête que oui, avec un demi-sourire, et manœuvra lentement pour sortir la voiture de sa place de stationnement. Ils traversèrent dans l'autre sens le village qui bougeait toujours aussi peu sous sa couverture froide. Quand ils furent de nouveau sur la nationale, Emilia prit encore du café et en proposa à

Pierre. Il se brûla les lèvres, n'osa pas quitter la chaussée des yeux, renonça finalement à finir sa tasse parce que les roues avaient souvent tendance à patiner sur le verglas qui couvrait le bitume en épaisseur. Le soleil, qui avait fini par apparaître, déclenchait autour d'eux des explosions de lumière crue contre quoi se dressait la noirceur des pins. Ils roulèrent ainsi dans un éblouissement imprévu. Ils se taisaient et clignaient des yeux parce que tout devenait soudain beau et insupportable.

12

Le commissaire Marquet avait bondi dans son lit lorsque la sonnerie du téléphone avait retenti. Il avait allumé à tâtons la lampe de chevet, tourné vers lui le réveil et émis un gémissement enroué. Il était resté appuyé sur un coude, renfrogné et perplexe, pendant quelques secondes. Sa femme lui avait demandé ce qui se passait. Il avait répondu que rien ne se passait et s'était levé en se frottant un œil du dos de la main. Il avait enfilé ses pantoufles et traîné des pieds jusqu'à la porte en protestant à voix basse contre l'insistance stridente de la sonnerie. Il avait décroché brutalement et marmonné son nom, les sourcils froncés, les mâchoires soudées l'une à l'autre.

— Vous les avez trouvés ? Ici ? À Bordeaux ?

Il frissonna, regarda autour de lui d'un air embarrassé.

— Ils sont partis depuis quand ? On ne peut pas les intercepter entre Bordeaux et Bayonne ? Ils roulent à quarante à l'heure et on ne tente rien ? Quoi, le GIGN ? On pourrait les rattraper à vélo et on fait appel au GIGN ? Mais je m'en fous, moi, de la cellule anti-terroriste ! Je le sais bien, qu'il est déjà huit heures du matin ! J'arrive, qu'est-ce que vous croyez ?

Il raccrocha en lâchant un juron. Quand il leva les yeux, il vit sa femme debout sur le seuil de la chambre.

— C'est grave ? s'inquiéta-t-elle.

Il haussa les épaules, marcha vers elle, l'évita pour rentrer dans la chambre et prit du linge propre dans un placard.

— Non, ce n'est pas grave. Mais pour une fois que je pouvais dormir un peu...

Sa femme le considéra d'un air hébété et fit remarquer qu'il faisait froid. Elle lui conseilla de ne pas trop traîner en pyjama.

— Ne t'inquiète pas. Pour ce qui est de traîner, j'ai déjà fini. La journée de travail vient juste de démarrer.

Dans l'appartement qu'avaient occupé Emilia et Tomas, le contenu des placards avait été jeté par terre, systématiquement. Des boîtes de conserves avaient roulé : sardines à l'huile, raviolis, thon, plats cuisinés plus ou moins exotiques préparés selon des recettes exclusives. Des rouleaux de papier hygiénique s'entassaient dans un coin ; des brosses à dents par paquets de trois traînaient sur l'évier à côté de sachets de soupe lyophilisée. La cuisine avait des airs d'épicerie mise à sac.

Le commissaire Marquet enjamba les victuailles et s'adressa à un inspecteur qui semblait occupé, sous l'évier, à quelque obscure tâche de plomberie.

— À part le ravitaillement pour trois mois, qu'avez-vous trouvé ? demanda-t-il.

— Rien. Pas de carnet, pas d'écrit d'aucune sorte, fit le policier en se redressant. Si, la cachette des armes. Là-dessous, indiqua-t-il en montrant la tuyauterie d'évacuation d'eau. Ils ont un blessé qui a dû faire une hémorragie : le lit est plein de sang. Ça confirme bien que c'est eux.

L'inspecteur Garcia apparut à l'entrée de la chambre.

Il avait les traits tirés et regardait autour de lui d'un air hagard.

— Tiens, fit Marquet. Vous. Qu'est-ce que vous foutez ici ?

Ils se serrèrent la main hâtivement, sans se regarder.

— Ce sont des gars de chez nous qui les ont logés. On surveillait un certain Matanzas, et il les a amenés jusqu'ici. Il passait et repassait constamment devant l'immeuble, on a un peu pisté tout ce trafic ; et ce matin, on a vu partir les trois autres à la cloche de bois sans pouvoir rien faire, avec Matanzas au train. On n'a rien pu tenter, le juge n'a pas encore délivré de commission rogatoire. Alors on vous a prévenu. Les terroristes, c'est vous. Mais on a notre idée sur ce que foutait Matanzas à Bordeaux.

— Et quelle est votre idée ? demanda le commissaire.

— L'idée, c'est qu'on a le commando basque et le tueur chargé de les éliminer.

— Conneries. Vous avez trop d'imagination. Qui c'est ce Matanzas ?

— Un braqueur condamné il y a une dizaine d'années à cinq ans pour proxénétisme et coups et blessures aggravés sur la personne de quelques filles qui lui avaient plu.

Le commissaire haussa les épaules.

— Un malade, hein, c'est ça ? Qu'est-ce qu'il a foutu depuis sa sortie de prison ?

— Il était en Espagne. Il bossait dans les manèges et les laveries de bagnoles. La presse appelle ça du blanchiment d'argent... Des comptabilités difficiles à contrôler...

— Et de là à se retrouver tueur de Basques, il n'y a qu'un pas que vous franchissez gaiement. Je vous ferai remarquer qu'il aurait pu les liquider n'importe quand. Votre hypothèse est ridicule.

Garcia sourit. Il fit rouler de la pointe du pied une boîte de couscous.

— Si vous connaissiez Matanzas, vous comprendriez. Ce qui le bloque, c'est la femme.

— Mais vous venez de dire qu'il leur tapait dessus ! s'écria Marquet. Pourquoi aurait-il des scrupules, tout d'un coup ?

— J'en sais rien, moi. J'ignore ce qui peut se passer dans sa tête de barjot ! Mais il les bat jusqu'à les laisser pour mortes sur le carreau, parfois. Il ne baise qu'à cette condition.

— Allons bon. Appelons un psychanalyste !

Le visage de Garcia se crispa. Quelques rides supplémentaires creusèrent son front.

— Ne plaisantez pas avec ça. C'est pas sur un divan que j'aimerais le voir allongé. Ce mec est vraiment dangereux.

— Les Basques aussi, sont dangereux. Qu'est-ce qu'il a de plus, votre maniaque ? Il vous a massacré une de vos protégées, du temps où vous étiez aux Mœurs ?

Le commissaire fit quelques pas dans la cuisine. Sa carrure de rugbyman s'inscrivit dans le rectangle de jour naissant de la fenêtre.

— Et par qui il serait payé, votre Matanzas pour son... travail ?

— Par les services spécialisés de Madrid. Ça c'est déjà vu, non ?

— Aucune preuve, fit Marquet à voix basse. Supputations, prononça-t-il plus haut. De toute façon, ne faites rien. On attendra qu'ils soient au Pays Basque. Je vais prévenir le Préfet de Région et le ministère. Depuis le temps que Paris veut monter un gros coup comme en 88, ils vont sauter sur l'occasion. Je sens qu'on va vivre un grand moment d'œcuménisme entre tous les services...

— Mais on pourrait les coincer avec dix gendarmes !

Le commissaire s'approcha de Garcia :

— J'ignore tout de votre contentieux avec ce Matanzas, et je veux continuer de l'ignorer. Mais un conseil : ne me cassez pas les couilles, ou il vous en cuira. Pigé ? La sûreté de l'État est en cause, alors allez jouer plus loin. On s'occupera de votre truand plus tard.

Marquet lui tourna le dos pour pénétrer dans la chambre, où un autre inspecteur fumait, assis sur une chaise. Les rares meubles de la pièce avaient été démontés. Du linge de toilette, dispersé aux quatre coins, s'était affalé en taches pastel.

— Il leur a fallu combien de temps pour semer un bordel pareil ? demanda le commissaire en désignant le désordre.

— Une petite heure, répondit le fumeur. Pourquoi ?

— Ils font des progrès. Il faudra consigner ce détail sur les rapports.

Marquet passa un doigt sur la tache de sang qui s'étalait sur presque toute la largeur du drap.

— En effet... Il va pas aller loin... Si ça peut consoler les gendarmes...

Comme il revenait dans la cuisine, un jeune inspecteur entra, légèrement essoufflé.

— Ils ont eu de la visite, avant-hier soir, la voisine du dessous prétend qu'il s'agissait d'un toubib et d'un autre type.

— Comment elle sait ça, la voisine ?

— J'ai entrebâillé la porte, fit une petite femme à cheveux gris jusque-là dissimulée derrière l'inspecteur. Il y en avait un qui portait un gros cartable, comme les docteurs, quoi. Barbu et un peu chauve, il était. Vous comprenez, d'habitude je vis seule dans cet immeuble, alors...

Marquet l'interrompit d'un geste de la main.

— Alors vous ouvrez votre porte dès qu'il y a un bruit dans l'escalier, histoire de vous faire trucider plus facilement, c'est ça ? Et vos économies ? Vous y avez pensé ? Quatre heures de tortures pour avouer où se trouvent vos fourchettes en argent, vous savez que c'est long ?

La voisine le considérait d'un air hésitant, et un sourire contrit, dissymétrique, se hasardait sur son visage. Comme le commissaire, qui s'était retourné vers ses subordonnés pour leur parler, se désintéressait de son sort, elle osa une question, l'index à demi-levé comme à l'école.

— Dites, ce sont des terroristes, hein ? Action Directe et tout ça ?

Un inspecteur se retourna vers elle :

— Qu'est-ce qui vous fait dire ça, madame... ?

— Mangard. Gilberte Mangard. Vous savez, les appartements vides presque tout le temps avec des gens qu'on ne voit jamais, ce sont des affaires de terroristes ! Je lis les journaux, moi.

*

Les hommes du commissaire Marquet parvinrent bien vite à des résultats significatifs. De gros moyens avaient été affectés à l'enquête ; le ministre lui-même suivait l'affaire de près, soucieux de ne pas laisser l'opposition tailler des croupières au gouvernement à propos de la sécurité et du terrorisme. Des deux côtés des Pyrénées, les régimes frères se promettaient mutuellement de régler enfin, pour ce qui concernait chacun, le problème basque : la traque des commandos, la liquidation physique des réfugiés, le démantèlement des réseaux de solidarité, le quadrillage policier des provinces en cause, toutes ces opérations allaient bon train depuis des années déjà, et seule la presse régionale semblait s'y intéresser régulièrement.

Les policiers découvrirent donc que le commando infiltré en France, qui avait fait sauter l'hôtel en construction et tué le gendarme Bernard Pasquet, était constitué de Mikel Susperregui, retrouvé mort sur les lieux, d'Emilia Ochoa et de Tomas Etchebar. Ce groupe était soupçonné d'être le noyau du commando Renteria qui avait revendiqué un attentat à Barcelone au cours duquel un général de la Guardia Civil avait trouvé la mort, entre autres victimes à galons. Etchebar était sans doute un des principaux dirigeants de l'organisation militaire.

Emilia Ochoa, pour sa part, posait un problème différent : elle était française, née à Hendaye, où vivaient encore ses parents. Elle avait longtemps sympathisé avec les milieux autonomistes et était entrée dans la clandestinité en 87. On pensait qu'elle avait rejoint ceux du Sud à cause de leur plus grande efficacité. Au cours de ses études à Bordeaux, dans les années 72-75, elle fréquentait les trotskistes qui militaient activement contre le régime franquiste.

L'appartement de la rue Paul-Louis Lande avait été loué à un étudiant originaire de Bayonne, à partir de septembre 86. La caution avait été payée par un certain Pierre Calmon, domicilié à Bordeaux, lui-même fiché par les Renseignements Généraux comme militant trotskiste, puis de la CFDT, qu'il avait quittée en 1985. On ne lui connaissait aucune appartenance politique actuelle. Le policier qui avait rédigé la note de synthèse présumait qu'il avait dû «garder des sympathies à gauche, comme les autres». Le dossier précisait en outre qu'il avait fait l'objet d'un contrôle d'identité en octobre 73, lors d'une manifestation contre le coup d'état au Chili, et qu'en mai 90 il avait été verbalisé sur l'autoroute Bordeaux-Toulouse pour non-port de la ceinture de sécurité. L'amende, dûment réglée, s'élevait à deux cent soixante-quinze francs.

Le commissaire Marquet avait lu les rapports en fumant un petit cigare presque noir, aux effluves pestilentiels, qu'il était fréquemment obligé de rallumer à l'aide d'un petit briquet de plastique rouge. Il reposa les feuillets dactylographiés, les notes manuscrites, et s'adossa lourdement dans son fauteuil pivotant qui grinça faiblement. Il resta ainsi, presque renversé en arrière, les yeux mi-clos et son cigare à la bouche, durant quelques minutes. Son visage, rond, plutôt gras et peu ridé, n'exprimait rien sinon de la lassitude ou une réflexion paresseuse sur ce qu'il venait de lire. Puis il se redressa soudain pour examiner le décor qui l'entourait, constitué de chaises aux montants chromés, de classeurs métalliques dont la peinture s'écaillait à tous les angles, et d'armoires de fer kaki où se trouvaient affichés des plannings de services, des invitations à des pots de départs en retraite vieilles de plusieurs mois. Il leva les yeux et concentra son attention sur une vieille photo surmontant une des armoires où un groupe de motards – ils étaient dix ou onze – se livraient à un périlleux exercice d'équilibre sur leurs engins et fixaient l'objectif d'un air imperturbable. Il s'agissait, proclamait l'affiche, de s'engager dans la Police Nationale. Le commissaire soupira et se leva. Il s'empara d'une chaise qu'il adossa au mur, y grimpa, et transforma l'acte de bravoure motocycliste en une boule de papier qu'il tassa rageusement entre ses grosses mains. Il l'expédia d'un tir tendu en direction de la poubelle, qu'il manqua.

Il se trouvait encore sur la chaise lorsque l'inspecteur Garcia entra. Malgré la surprise qu'exprima fugitivement son regard levé vers le commissaire, le policier affecta de ne rien remarquer d'anormal et demanda en s'approchant de la cafetière électrique s'il pouvait prendre un peu de café, parce qu'il faisait dehors un froid de loup.

— Faites, faites, dit Marquet, descendu de son perchoir et se dirigeant vers la poubelle. Servez-m'en une tasse, si ça ne vous fait rien, ajouta-t-il en se rasseyant derrière son bureau. Nous ferons ainsi la paix.

Il regarda en souriant Garcia s'affairer. L'inspecteur porta précautionneusement une tasse pleine à ras-bord jusqu'au bureau du commissaire. Marquet remercia. Un peu de café déborda lorsqu'il porta la tasse à ses lèvres, et il lança un regard agacé à l'inspecteur qui revenait vers la cafetière.

— Qu'est-ce que vous avez de nouveau sur Matanzas ? demanda-t-il.

— Rien. Je venais un peu aux nouvelles. Le grand chef m'a appelé pour me recommander de collaborer étroitement avec vous. Voilà pourquoi je profite de votre cafetière.

— J'ai reçu les mêmes recommandations. Nous sommes condamnés à nous entendre. J'espère que vous ferez preuve de créativité. J'attends vos suggestions.

Garcia restait debout, sa tasse dans une main, une cuillère de plastique inutile dans l'autre.

— Asseyez-vous donc, fit Marquet en indiquant une chaise.

Il fit une synthèse détaillée des informations recueillies par le service, et estima que la piste de Pierre Calmon devait être explorée.

— Vous pourriez vous en charger. Voici son adresse.

— C'est le troisième, fit Garcia.

— Quoi ? Quel troisième ?

— Ils étaient trois ce matin à partir, vous ne vous rappelez pas ? C'est sûrement dans le rapport qu'on vous a remis. Ça cadre avec la visite qu'ils ont reçue avant-hier soir, le toubib et un autre type.

Le commissaire consulta vivement la liasse de papiers qu'il avait devant lui.

— Exact. Ça m'avait échappé. C'est étonnant de la part de quelqu'un qui s'est rangé des voitures, comme un tas d'autres anciens gauchistes, d'ailleurs.

Il se leva et alla se camper devant la fenêtre sans plus rien dire pendant un moment.

— Putain de neige, fit-il après avoir considéré le paysage de toits blancs. Ils ont dû arriver au Pays Basque, à présent. Il est presque six heures. Vos hommes auront bien l'idée de vous appeler, quand ils se seront acheté des anoraks ?

— Allez savoir. Ils opteront peut-être pour le ski de fond en forêt d'Iraty...

Marquet se retourna vers lui :

— Je n'aime pas votre humour. Vous irez dès demain matin chez ce Calmon. Il est marié, sans enfant. Sa femme sera sans doute plus sensible que moi à vos traits d'esprit. Je téléphone au juge pour obtenir son autorisation. Et puis... Quand vos hommes appelleront, dites-leur de rentrer à Bordeaux. Ils en ont assez fait.

— Vous voulez qu'ils lâchent Matanzas ?

— Je veux. Il ne nous intéresse plus. Il a quitté le département, il n'a encore commis aucun délit. Demain, il sera en Espagne, et bon débarras. S'il avait dû tuer les Basques, comme vous le prétendez, il serait déjà passé à l'action.

Garcia se leva comme mû par un ressort.

— Vous ne voulez pas comprendre que dans sa tête de malade la mission qu'on a dû lui confier ne compte plus ? Que désormais c'est après cette femme qu'il en a et qu'il doit attendre l'occasion de la coincer seule pour jouer avec comme il l'a toujours fait avec les autres ? Il…

— Ça suffit, dit le commissaire d'un air las. Vous m'avez déjà fait part de vos spéculations psychologiques, et elles ne m'intéressent pas. À partir de maintenant c'est moi qui ai la responsabilité de cette enquête, et j'ai pouvoir sur vous. Alors vous obéissez. C'est clair ?

Garcia agita la tête affirmativement, en fourrant ses mains dans les poches de son manteau, puis sortit et retint au dernier moment le geste de claquer la porte.

13

L'arme – un pistolet rafaleur Ingram M 10 – était posée sur le siège du passager, dissimulée sommairement sous un grand chiffon blanc. Angel Matanzas soulevait l'étoffe de temps en temps pour y glisser la main et palper la froideur du métal, hasarder ses doigts sur les organes durs, dans les infractuosités calculées, les interstices mortels. Il avait mis des lunettes de soleil, à cause de cette lumière qui se levait de partout et lui appuyait sur les yeux. À la faveur d'un trafic un peu plus dense, il avait pu se rapprocher des trois fuyards. Il avait bien vite repéré la voiture grise qui depuis Bordeaux adoptait derrière lui la même tactique: la distance égale qu'elle gardait avec une discrétion exemplaire empêchait de discerner les deux silhouettes qui se trouvaient à bord. Il avait constaté la filature avec une grimace de contrariété, et son visage, lorsque Angel jetait un coup d'œil dans le rétroviseur, trahissait un agacement mêlé de désarroi. Les deux flics étaient allés faire en dérapant lourdement un demi-tour au bout de la rue principale du village, et avaient fini par ranger leur véhicule contre un muret de neige, dans le sens du départ.

Angel en avait profité pour sortir le pistolet, vérifier son bon état de fonctionnement et avait engagé un chargeur de trente-deux cartouches, vissé au canon un silencieux. Il avait même ôté une des sûretés, et placé le sélecteur de tir sur automatique. Si ces deux flics ne s'étaient pas trouvés là, il aurait pu sans peine s'approcher de la voiture d'où était descendu Pierre Calmon et tirer les deux autres sans attirer l'attention, vider le chargeur sans que quiconque tentât la moindre glissade dans sa direction. Il semblait que la neige aurait étouffé aussitôt leurs cris en les gelant dans l'air. Au lieu de cela, Angel avait regardé du côté de la voiture grise et il avait casé une main entre ses cuisses et fermé les yeux, en frottant doucement.

Il s'était interrompu avec un grognement plaintif en voyant Pierre Calmon sortir du bar, sa thermos à la main. Il émit un nouveau grognement quand la voiture des Basques commença à reculer pour reprendre la route. Il manœuvra à son tour, avec adresse, pour se placer dans le sens du départ. Après quoi il attendit que la Peugeot eût disparu dans un virage et roula dans ses traces, les flics toujours derrière lui.

Juste avant Bayonne, le temps se couvrit, le ciel descendit très bas comme pour mêler sa grisaille de plomb à la blancheur du paysage. Des flocons se mirent bientôt à voltiger, au moment où les deux voitures sortaient de l'autoroute et s'engageaient dans la direction d'Hasparren. La route n'avait été dégagée que sommairement, et par endroits, des tas de neige obligeaient à s'arrêter pour les franchir comme autant de dos-d'âne glissants. À mesure qu'on progressait, la couche de neige était plus épaisse, et les flocons plus nombreux. Angel jura en tapant sur son volant, et contempla autour de lui la situation d'un air catastrophé. Les autos, qui gardaient entre elles un écart d'une quarantaine de mètres, roulaient à trente kilomètres à l'heure, cependant que la neige s'accrochait aux pare-brise et obligeait les conducteurs à utiliser leurs essuie-glaces. Angel alluma la radio qui annonçait d'importantes chutes de neige sur le piémont pyrénéen.

Il faisait nuit lorsqu'il arriva à Hasparren. Il se gara le long du fronton, dont la cancha évoquait plutôt un terrain de hockey. Il vit Emilia et Pierre s'engouffrer chez un médecin. Ils portaient le blessé sans prendre garde à ses pieds qui traînaient sur le sol et creusaient dans la neige des traces parallèles comme aurait fait un skieur de fond à bout de souffle.

Le village était pratiquement désert, balayé par des paquets de gros flocons que chahutait un vent glacial. Angel avisa un hôtel dont l'enseigne lumineuse clignotait au bout de la rue. Il rangea l'Ingram dans un sac de sport, prit dans la boîte à gants un pistolet automatique qu'il glissa dans sa poche. Le froid commençait à envahir la voiture, les vitres étaient déjà obstruées par la neige. Il descendit, ferma sa portière à clé, s'éloigna en dérapant à plusieurs reprises sur le sol vers l'hôtel. Là, il trouva sans peine une chambre, l'établissement étant pratiquement vide, et échangea quelques propos aimables avec le réceptionniste au sujet du temps qu'il faisait et du menu proposé ce soir-là par le restaurant.

Aussitôt arrivé dans sa chambre, il se déshabilla et prit une douche. Sous l'eau tiède, il essaya de réveiller la mollesse de son sexe, y parvint à peu près, le secoua vigoureusement sans parvenir à se satisfaire. Après quoi il tira dessus, le frictionna avec fureur, jusqu'à ce que la douleur lui arrachât une plainte. Il se sécha et revint dans la chambre pour s'examiner dans la glace de l'armoire sombre qui occupait le fond de la pièce. Il flatta ses abdominaux irréprochables, fit jouer ses pectoraux, lissa ses cheveux en arrière. Ensuite, il remit les vêtements qu'il avait portés toute la journée après les avoir flairés d'un air suspicieux, et il descendit tout en épiant du coin de l'œil sa silhouette dans le grand miroir qui l'attendait sur le seuil du rez-de-chaussée.

14

Le film à la télévision était terminé depuis longtemps. Mathilde avait coupé le son. Les couleurs dansaient, les visages se donnaient une contenance. Elle regarda l'heure à sa montre. 23h51. L'horloge du magnétoscope confirma. Elle se leva. Elle resta debout sans rien faire, s'étira, cambra ses reins, pressa son visage entre ses mains. Elle se rendit dans la cuisine, attrapa sur la table un paquet de cigarettes, alluma, souffla, puis écrasa vivement la chose avec une grimace d'écœurement. Elle revint dans le salon, mains dans les poches de sa jupe, éteignit le poste de télévision, s'empara d'un livre, au hasard, sur une étagère de la bibliothèque. *Plume*. Des pages étaient cornées, lues et relues. Elle parcourut « La Ralentie » : « Ralentie, on tâte le pouls des choses ; on y ronfle, on a tout le temps ; ... On est heureuse en buvant ; on est heureuse en ne buvant pas. On fait la perle. » Elle sourit. Elle marcha lentement jusqu'au canapé, s'y assit et posa le livre près d'elle. Elle regarda l'heure. Il n'était pas beaucoup plus tard. « Où es-tu ? » murmura-t-elle. Elle s'allongea, les jambes un peu repliées, les mains au chaud entre, mises au secret. Elle resta ainsi un long moment, respirant doucement, comme si elle dormait. Elle sursauta légèrement au passage d'une voiture.

— Je m'endors, dit-elle en se redressant. Et je parle toute seule comme une vieille femme. Pourquoi tu téléphones pas ?

Elle bondit lorsque la sonnerie retentit. Ses yeux brillaient.

— C'est moi. Je suis avec Emilia. Ne te fais pas de souci.

Elle ferma les yeux.

— Tu sais, continua Pierre. Je t'ai parlé d'elle. Il fallait que je l'aide, tu comprends ? C'est très grave.

Des larmes coulaient. Elle les laissa faire.

— Dis, tu m'entends ?

— Et moi ? demanda-t-elle enfin.

— Quoi, toi ?

— Pourquoi c'est grave ?

— Je pouvais pas les laisser comme ça. Elle avait besoin de moi.

— Moi aussi, Pierre.

— Aie confiance, mon P'tit Loup.

Elle se mordit la lèvre inférieure.

— Et les flics ?

— Comment, les flics ?

— Emilia, elle est bien…

— Tais-toi !

Elle tira le fil du téléphone à elle et s'assit par terre.

— Mathilde ? Tu es là ?

— Je me tais.

— Arrête… Je ne peux pas te dire où je suis. Je reviens dans deux jours.

— Et si ça tourne mal ?

— Ça ne tournera pas mal. J'ai donné un coup de main pour sauver un type, c'est tout. Je ne peux rien te dire de plus, tu comprends ?

Elle renversa la tête en arrière, la cala contre le mur. Elle protesta d'une voix molle qu'elle était inquiète, follement, qu'elle avait peur pour lui, que cette fille… cette fille surgie du passé comme un mauvais fantôme… Elle ne put achever sa phrase, étranglée de tristesse. Il essaya de la rassurer. Le passé n'était rien, les fantômes n'existaient pas. Il serait là dans deux jours. Ils se dirent des mots amoureux, sans âge, indécents.

Elle raccrocha avec un petit cri.

Elle se releva, posa lentement le téléphone sur la petite table où il se trouvait habituellement, et porta une main à sa lèvre. Deux gouttes de sang apparurent sur ses doigts. Elle les suça longuement, des larmes plein les yeux, et marcha vers le canapé qui grinça lorsqu'elle s'y allongea. Elle s'endormit en quelques secondes, le visage agité de petits spasmes, de sourires, de moues. Elle émit des gémissements étouffés, qui pouvaient être aussi bien des plaintes que des signes de plaisir.

La lumière s'entêtait à adoucir les courbes de sa figure, mais en y creusant désormais davantage d'ombres, presque des rides.

15

Pierre alluma le feu sous la casserole. Une flamme bleue, vive, bourdonnante, se mit à vivre dans la pénombre. Il présenta ses mains au-dessus du feu, les frotta l'une contre l'autre comme devant une cheminée. Il versa du café en poudre au fond d'une tasse décorée de personnages de bandes dessinées, y laissa tomber un sucre, croqua une biscotte en regardant par la fenêtre. La neige avait continué de s'entasser toute la nuit. Des stalactites pendaient du toit, vaguement menaçantes. Dès que l'eau se mit à frémir, il en versa dans la tasse, chercha dans un placard situé à sa droite une boîte de sucre, qu'il trouva, maculée de taches d'humidité. Il but, mangea une autre biscotte, alluma une cigarette. Dans le fond de la pièce, immense, couverte du sol au plafond de plancher et de lambris vieux aux relents de moisissure, se trouvait la masse sombre du lit monumental auquel l'édredon donnait la silhouette de quelque monstre assoupi. Pierre alla s'asseoir dans un fauteuil matelassé de vert émeraude, et passa machinalement le plat de sa main sur l'arrondi du bras poli par ce geste des milliers de fois refait. Il ne sut quoi faire de la cendre de sa cigarette, et se décida finalement à la laisser tomber sur le sol. Il dispersa le petit tas gris de la pointe du pied, et le mêla de la sorte à la poussière déjà installée. Il demeura ainsi, buvant à petites gorgées le contenu de sa tasse, apparemment insensible au froid qui régnait dans la maison.

Emilia bougea, et le lit, en écho, eut un grincement sourd. Elle demanda d'une voix pâteuse s'il y avait du café. Pierre précisa qu'il avait préparé quelque chose qui y ressemblait. Elle se leva aussitôt, vêtue seulement de sa culotte, et se dirigea vers le réchaud où elle ralluma le feu. Elle eut le même geste que Pierre, celui des mains au-dessus de la flamme. Il lui fit observer qu'elle allait prendre froid, que ce n'était pas le moment. Elle était grande, carrée d'épaules ; sa taille et ses hanches évoquaient assez précisément les lignes courbes d'un instrument à cordes. Elle regarda par la fenêtre, elle aussi, et fit une remarque sur la quantité de neige tombée pendant la nuit. Sa tasse remplie et fumante, elle se retourna vers Pierre et les aréoles de ses seins fixèrent l'homme étrangement.

— Arrête de me regarder, dit-elle.

— Je ne te regarde pas, je te vois. Uniquement parce que tu te montres.

Elle but à grandes gorgées le liquide brun, se resservit.

— Avant, tu me regardais tout le temps. Tu me prenais même en photo. Tu te rappelles ?

— Avant quoi ?

— Tu as gardé les négatifs, je parie. Et ta femme n'en sait rien.

— Je garde tous les négatifs. Datés et classés. Mathilde ne s'intéresse pas à la photo, encore moins à mon passé.

— Tu lui as parlé de moi ?

— Bien sûr.

— Et alors ?

— Alors quoi ? Ça fait quinze ans. Tu aurais pu mourir, j'aurais pu disparaître, qu'est-ce que ça aurait changé ? Nous n'en aurions rien su ni l'un ni l'autre, ou bien on aurait ressenti un pincement au cœur en apprenant incidemment la nouvelle un an plus tard ? Merde, loin des yeux, loin du cœur, surtout quand le temps en rajoute !

Emilia alla vers le lit, y prit un gros pull qu'elle enfila.

— Il y a une chance pour les bons souvenirs, c'est ça ?

— Oui. Parce qu'ils sont totalement révolus et fidèles comme des chiens. On les rappelle quand on veut, et ils rappliquent. On les congédie pareillement, d'un bon coup de pied s'il le faut.

— Pour ceux qu'on n'a pas sifflés et qui se pointent quand même, on fait quoi ? On fond devant leurs bons yeux et leurs blessures ?

Pierre se leva, prit ses chaussettes sous le lit et frictionna ses pieds.

— Quand je t'ai appelé l'autre soir, continua Emilia, je demandais un vétérinaire, pas une bonne âme. C'est toi qui es venu hier matin.

Pierre ramassa ses chaussures.

— Il fait froid, dit-il en s'ébrouant. Je repartirai dès qu'on aura récupéré Tomas chez le toubib. Le reste te regarde.

Il enfila sa canadienne.

— Où tu vas ?

— Chercher du bois en bas. Le poêle est presque éteint.

Elle fouilla dans une armoire et en sortit une petite serviette de toilette.

— Je vais me laver. J'ai toute la crasse du monde sur la peau.

Une voiture se fit entendre au loin, dans le silence qui pesait entre eux. Pierre sortit. À l'aide d'une pelle appuyée près de la porte, il dégagea sommairement le balcon qui courait sur toute la longueur de la façade de la neige qui s'y était accumulée. Après quoi il descendit au rez-de-chaussée et pénétra dans l'ancienne étable où dormait un vieux 4x4 Toyota dont les bas-de-caisse étaient maculés de boue. Du bois, il y en avait au moins trois stères dont il entreprit de débiter quelques bûches à la hache en ahanant à chaque coup, sans doute pour se donner de la force. Il s'interrompit pour entendre l'eau couler dans le tuyau d'évacuation. Le bruit des pas d'Emilia était à peine perceptible. Elle bougea une chaise, ou un meuble quelconque, car on entendit un petit choc plus net, plus sec. Pierre reprit son travail. Parfois, il s'acharnait sur certaines bûches et les réduisait en copeaux minables, échardes coupantes qui voltigeaient autour de lui.

16

La carte de police était brandie à hauteur de visage. Mathilde s'en désintéressa et fixa longuement l'homme qui la lui présentait. Deux hommes se trouvaient derrière lui, mains dans les poches de leurs manteaux.

— Inspecteur Garcia, SRPJ. Le juge a ordonné une perquisition, madame. Je vous prierai de ne pas y faire obstacle.

Mathilde laissa entrer les policiers, qui s'entassèrent tous les trois dans le couloir d'entrée sans oser bouger pendant qu'elle refermait la porte.

— Mes hommes tâcheront d'être discrets et soigneux, madame. Vous avez une cave ?

— Pardon ?

— Je veux dire... Sous la maison... Il y a une cave ?

— Oui. On y entasse de vieux papiers, des...

— Vous penserez à la cave, les gars, dit l'inspecteur plus fort.

Il se tourna vers Mathilde :

— J'aurais quelques questions à vous poser, auxquelles je vous demanderai de répondre avec sincérité.

Elle le fit pénétrer dans le salon vivement éclairé par le soleil et sa réverbération sur la neige. Garcia jeta un coup d'œil circulaire en hochant la tête.

— C'est bien, ici.

— J'allais faire du café. Vous en voulez ?

Garcia accepta avec empressement, debout devant les rayons de la bibliothèque. Mathilde l'invita à s'asseoir dans le canapé, se renseigna sur le nombre de sucres qu'il prendrait. Elle se rendit dans la cuisine et en revint presque aussitôt en portant un plateau. Pendant que le policier parcourait du regard, sa tasse à la main, les étagères encombrées de livres, elle avala une tartine de pain.

— Vous êtes quelqu'un de très cultivé, à ce que je vois.

Mathilde se retourna au bruit d'un tiroir qui grinça dans la pièce d'à côté.

— Je présume que vous n'êtes pas venu ici pour me parler de littérature ?

Garcia fut tiré de son attitude admirative par la vivacité du ton, et posa devant lui sa tasse à moitié vide.

— C'est exact, fit-il sèchement. Vous vous appelez Mathilde Calmon, née Dussart le 18 avril 52 à Toulouse. Vous êtes actuellement vacataire à l'université, où vous enseignez la littérature. C'est ça ?

— Je donne quelques cours à des animateurs en formation à l'IUT, rectifia-t-elle.

Garcia se frotta les mains et reprit sa tasse, qu'il termina, et dont il suçota le fond sirupeux.

— Savez-vous où se trouve votre mari ?

— Non. Je n'en ai pas la moindre idée.

Le policier sourit.

— Figurez-vous que je m'attendais à cette réponse.

— C'est vous qui choisissez les questions, après tout. Au moins, vous n'êtes pas déçu.

— Je croyais pourtant trouver en vous quelqu'un de plus coopératif.

Il recommença à se frotter les mains, la tête un peu dans les épaules.

— Arrêtez de tourner autour du pot, dit Mathilde. Pierre n'est pas rentré depuis deux jours. Il ne m'a pas téléphoné, il n'a donné aucun signe de vie, et je me sens mourir chaque jour un peu plus comme un animal abandonné au bord d'une route. Ça vous va ?

Elle se leva d'un bond, qui surprit Garcia, et alla s'adosser à la bibliothèque. Le policier demanda du geste s'il pouvait reprendre du café. Mathilde ne lui répondit pas, et tourna la tête vers la fenêtre.

— Il se trouve actuellement au Pays Basque où il porte assistance à un commando basque recherché en Espagne pour meurtres et attentats, et coupable de la destruction d'un hôtel en construction à Biarritz. Un gendarme a été abattu au cours de cette opération.

Mathilde ne réagit pas. Elle revint s'asseoir dans un fauteuil, face à Garcia, et regarda fixement le sol. On entendait toujours les deux autres policiers fouiller le reste de la maison.

— Si j'étais un flic bête et borné, je vous soupçonnerais d'être parfaitement au courant des sympathies de votre mari pour le terrorisme basque, et donc de me cacher des choses. En outre, j'ajoute que le dénommé Tomas Etchebar passe pour être l'un des dirigeants de l'organisation. Votre mari et sa complice l'ont transporté chez un médecin d'Hasparren.

Mathilde rit nerveusement.

— Vous avez remarqué qu'à chaque fois qu'on arrête des militants, ce sont comme par hasard des dirigeants ? Vous vous rendez compte ? Une organisation dont seuls les dirigeants et les chefs de commandos se font cravater ? Ça voudrait dire qu'ils mettent les plus cons à la tête, systématiquement, ou que, comme dans l'armée mexicaine, ils ne compteraient que des généraux ? Et puis je ne vois pas en quoi ignorer des informations que vous possédez déjà constitue une faute ou un délit. Dites-vous bien que Pierre a toujours pensé que ces militants-là se trompaient, et trompaient la cause qu'ils croient défendre. S'il se trouve avec eux, c'est pour des motifs que je ne connais pas, mais sûrement pas par sympathie militante.

— Je vois, fit Garcia.

— Vous voyez quoi ?

— Je vois votre mari mener une double vie, comme dans les films. Je le vois se porter caution pour la location d'un appartement servant de planque à des militants, comme vous dites.

— Vous mentez ! cria Mathilde. Vous essayez de me manipuler !

Garcia sursauta puis se pencha vers elle.

— Nous avons son nom, sa signature, le montant du chèque qu'il a fait. L'appartement en question servait de base de repli, et a été occupé ces deux derniers jours par deux terroristes dont l'un, l'homme, est blessé. Leur complice, Mikel Susperregui, a été tué lors de la fusillade de Biarritz. Que pensez-vous de tout cela, madame Calmon ?

Mathilde s'enfonça dans son fauteuil en regardant Garcia avec fixité. Le policier profita de son avantage :

— Le passé de votre mari ne contribue pas à le disculper. Il a milité dans un groupe gauchiste qui entretenait des liens étroits avec une des branches de l'organisation. Un groupe issu, d'après ce qu'on m'a dit, de la sixième assemblée. Les Renseignements Généraux l'ont même pris en photo en novembre 75 lors d'une manifestation sur le Pont International d'Hendaye.

Garcia avait graduellement haussé le ton, jusqu'à crier presque. Mathilde le contemplait d'un air totalement hébété.

— Pourquoi vous criez ? Je sais tout cela. Il n'y a rien d'illégal dans son passé ! Je ne sais pas où est Pierre, ni ce qu'il fait.

— Un certain romantisme révolutionnaire l'a certainement poussé à aider ces gens.

Elle le regarda avec ironie.

— Vous allez sûrement tout m'expliquer à ce sujet. Le romantisme, voilà une idée qui doit vous être familière.

— Ne soyez pas agressive. Le prochain entretien pourrait fort bien se dérouler dans un bureau du SRPJ, où le café est nettement moins bon, vous savez. Et pour en revenir au romantisme, vous n'ignorez pas qu'il a mené des tas de gens à des extrémismes criminels.

— Dans votre bouche, certains mots sonnent comme des obscénités ! Comment vous faites, pour tout salir ? On vous apprend ça dans vos écoles de flics ?

Garcia fit le geste de lui saisir le bras, puis se ravisa, et se contenta de soupirer.

— Vous vous défendez bien maladroitement.

— Je n'ai pas à me défendre, monsieur !

Ils furent interrompus par l'intrusion des deux autres policiers qui portaient des dossiers de plastique et des albums de photos.

— On a trouvé ça à la cave, fit l'un d'eux.

Il ouvrit devant Garcia un album rempli de photos en noir et blanc. L'inspecteur le feuilleta, l'approcha de son visage d'un air myope, ou curieux, et le présenta à Mathilde.

— Vous connaissez cette femme ?

Mathilde prit l'album avec précaution. Il sentait le vieux papier et la poussière. Une femme brune aux cheveux courts, nue, courait sur une plage. D'autres photos, en gros plan, révélaient un regard sombre sous des sourcils toujours froncés, même lorsqu'elle souriait. Nue, encore. Alanguie au soleil. Ou couchée sur le ventre, jambes écartées, se retournant vers l'objectif pour protester contre la photo par-dessus ses lunettes noires. Luisante d'eau, exultante, bras en l'air, les seins hauts, le ventre plat, tendu par l'effort du saut joyeux. Mathilde tournait les pages. La Corogne, juillet 75. Dans les rochers, assise, jupe longue remontée en haut des cuisses, regard clos par le soleil, les lèvres retroussées en un sourire hargneux. Une ombre triangulaire, profonde, coulait dans le décolleté entre les seins. La femme se montrait, s'étalait, généreuse de sa peau et des ses courbes ; à la plage, dans l'eau luttant contre les vagues, à table en train de grignoter des crevettes, dans une 2CV jambes par-dessus la portière, en short, les mains au creux des cuisses jointes en prière… Vingt, trente-six, quarante photos au moins, datées de janvier 75 à juin 76, où Mathilde passait, en tournant les pages, des vagues lumineuses au clair-obscur d'un lit défait, où toujours une épaule nue pâlissait, une jambe se dépliait, un ventre inscrivait son triangle noir.

Mathilde répondit qu'elle ne connaissait pas cette femme. Qu'elle la trouvait belle, troublante, redoutable. C'était tout à fait le genre de femme susceptible d'émouvoir Pierre.

— Je vous présente Emilia Ochoa. Vous saviez que ces photos existaient ?

Mathilde hésita. Oui, enfin non. Pierre lui en avait parlé, et n'arrivait pas à remettre la main dessus. Elle aussi, gardait les photos de certains hommes qu'elle avait eus.

— Je parie qu'à présent vous vous attendez à ce que je vous dise où ils se trouvent tous les deux, et que la jalousie va me faire passer à des aveux ou des confidences qui pourraient vous aider ?

— La jalousie est sans doute un sentiment que vous méprisez, madame Calmon. Tout dépend de l'idée qu'on se fait d'un couple.

— Je ne sais pas si j'ai envie d'avoir cette discussion avec vous.

Elle se leva.

— Je crois que vos collègues et vous-même avez terminé votre travail ? Je ne vous retiens pas. J'ai un cours cet après-midi, et j'aimerais revoir mes notes, un peu, si ça ne vous fait rien.

Garcia se leva à son tour, et rejoignit les deux autres qui étaient restés debout.

— Vous avez tort, fit-il en reboutonnant son blouson. Mais nous aurons l'occasion de nous revoir...

— Je n'en vois pas la nécessité. Je vous ai dit ce que j'avais à vous dire.

Elle précéda les policiers dans le couloir d'entrée.

— C'est le juge qui décidera désormais des nécessités, dit Garcia. Après tout, s'il vous est indifférent que votre mari fugue en risquant une lourde peine de prison avec une ancienne petite amie dont, comme par hasard, il a conservé les photos les plus... suggestives, c'est votre problème. Pour...

La gifle le surprit. Il sursauta sans pouvoir l'éviter. Ses deux collègues ne firent aucun geste, et se contentèrent d'échanger des regards perplexes.

— Fermez votre gueule ! hurla Mathilde. Sortez d'ici !

Garcia la saisit par l'épaule, froissant dans son poing la laine du pull-over.

— Pour nous, madame, votre bonhomme est de l'autre côté. Sachez seulement qu'au Pays Basque une centaine d'hommes, de tous les services de gendarmerie et de police, travaillent jour et nuit avec une seule idée en tête : le coincer, lui et ses deux acolytes. Vous savez ce qui se passe avec les tueurs de flics : la détente des armes se fait plus sensible, les réflexes se contrôlent moins. Alors gifle ou pas, mépris ou pas, on se reverra pour l'identification à la morgue. Vous aurez tout le reste de votre vie pour regretter de ne pas nous avoir donné les informations qui nous manquaient pour les surprendre en douceur, sans armes, et laisser ensuite la justice décider. Toute votre vie, je vous dis.

Ils sortirent. Mathilde ferma la porte à la volée derrière eux. Elle revint précipitamment dans le salon, chercha des yeux sur la table basse. Ils avaient laissé les photos, les albums, mais les clichés où cette autre femme éclatait de bonheur n'étaient plus là. Mathilde resta debout à contempler les tasses de café vides, la boîte de sucre, les photos encore.

Celle qui se trouvait sur le dessus les montrait, Pierre et elle, en train de rire dans une barque aux couleurs vives. Elle prit le rectangle de papier, l'approcha de ses yeux, et y passa, longuement, un doigt léger qui tremblait. Ses paupières battaient, battaient vite, comme des ailes d'insectes pris au piège.

17

Angel Matanzas ouvrit la porte avec toute la lenteur possible. Aucun grincement, aucune plainte du plancher qu'il foula de la pointe des pieds ne vinrent le trahir. Il tenait dans sa main un gros pistolet noir, une arme efficace au chargeur bien garni. De l'eau coulait. Il se trouvait, immobile, dans une sorte de corridor aux cloisons tachées d'humidité qui donnait sur trois pièces, et avisa la seule porte ouverte. Quelques pas lui suffirent. La femme, de profil, avait une main entre les jambes, qu'elle remua un peu avant de la retirer, couverte d'un gant de toilette. Angel avança, le souffle court. La femme rinçait le gant sous un méchant robinet de cuivre au débit irrégulier. Elle se redressa soudain et fit face au tueur.

— Ta gueule. Tu cries pas, ou je te tue tout de suite.

Emilia frissonna et chercha autour d'elle quelque chose.

— Il faut que je m'essuie, dit-elle en montrant la serviette posée sur le dossier d'une chaise. Il fait froid.

Il l'autorisa à s'essuyer en agitant le canon de son arme. Elle tendit le bras, tira à elle la serviette, mais déséquilibra la chaise qui bascula et heurta le sol.

— Te fatigue pas. Dès qu'il entre, il est mort. Si tu

veux, je peux l'appeler tout de suite. Après, on sera tranquilles.

Emilia s'était drapée comme elle l'avait pu dans la serviette trop petite, et ne quittait pas Angel des yeux.

— Je t'ai dit de t'essuyer, pas de t'habiller. Enlève ça et montre-moi un peu tes nichons.

Emilia dénoua la serviette, découvrit sa poitrine, mais garda le tissu à peu près ajusté autour de sa taille. Angel marcha vers elle. Il la frappa d'un coup de crosse à l'épaule, et pendant qu'elle chancelait, un peu penchée en avant par le choc, il arracha la serviette. Emilia ne disait rien. Derrière elle, l'eau continuait de couler dans l'évier. Angel agita devant lui son pistolet avec véhémence puis gifla la femme, plusieurs fois, de sa main libre, jusqu'à ce qu'elle tombe à terre. Il lui appliqua le canon du pistolet sur la nuque, l'empoignant par ses cheveux courts, et la frappa de la crosse sur l'oreille. Emilia bascula en hurlant et saisit au passage la chaise renversée qu'elle lui expédia dans les jambes. Le tueur évita aisément l'obstacle. Il fourra l'arme dans sa poche et saisit la femme par une cheville, la tira vers lui, se laissa tomber sur elle en soufflant. Il lui maintenait les bras en croix, forçant ses cuisses d'un genou avec un râle d'effort. Quand elle ne bougea plus, il approcha son visage du sien et frappa du front, sans élan, une pommette qu'elle lui présentait. Il frappa encore, sur le nez, dont le cartilage ploya sous la violence du coup.

Puis tout bascula. Angel fut propulsé en arrière, heurta le montant du placard que surmontait l'évier. Pierre enfonça son pied dans les côtes, l'atteignit une deuxième fois au cou. Emilia avait roulé sur le côté et se tenait le visage de ses deux mains pleines de sang. Le tueur poussa un cri et se redressa à genoux, l'arme à la main. Il chancelait. Pierre essaya de le désarmer d'un coup approximatif, puis s'accrocha au bras armé qu'il tordit au niveau du coude comme pour le désarticuler. L'autre gueula quand l'arme tomba au sol et glissa plus loin. Pierre s'étira pour atteindre le pistolet, rampa sur les coudes, parvint à saisir la crosse. Angel courait vers la porte, titubant, une main plaquée sur le cou, et sortit. On entendit son pas craquer sur le plancher du balcon, et Pierre se précipita, heurta de l'épaule le chambranle de la porte qui le déséquilibra un peu, et se rétablit d'une enjambée en prenant pied dehors. Le dos du tueur bougeait derrière le cran de mire. Emilia cria de ne pas tirer, à cause de la détonation qu'on entendrait de partout, et Pierre se laissa glisser sur le sol enneigé, hors de souffle, en cognant sa tête contre le volet qui battait derrière lui.

18

« On l'a dans l'os, mon bon », fit le commissaire Marquet en rencontrant Garcia dans un couloir. L'inspecteur attendait qu'une machine qui délivrait des potages bouillants voulût bien lui rendre la monnaie. Comme Marquet ne s'arrêtait pas pour lui donner davantage d'explications, Garcia entreprit de le suivre au moment précis où des pièces faisaient contre l'acier du réceptacle un vacarme aigrelet. Il demeura durant quelques secondes comme écartelé, une main vainement tendue vers la machine, et un pied déjà lancé à la suite du commissaire. Il rafla vivement les pièces et se hâta derrière la carrure large de son supérieur hiérarchique, en tâchant de ne verser aucune goutte du breuvage rougeâtre où flottaient quelques tentatives végétales arômatiques sur ses doigts crispés autour du gobelet de plastique.

— Merde, continua le commissaire quand ils furent dans le bureau. On lève le lièvre, on prend les précautions d'usage, on informe tous les services concernés au lieu de jouer tout seuls une partie jouable, et eux, ils nous offrent un strapontin ! Le Commissaire Principal Vincent dirigera les opérations en liaison avec le GIGN et l'antenne de Bayonne. Nous, on nous planque dans un command-car à cinq kilomètres d'Hasparren. Emilia Ochoa reviendra récupérer son blessé chez le toubib le 27 au soir. Les gendarmes ont déjà investi le bourg, déguisés en agents de l'EDF. Il paraît même qu'ils ont enterré deux hommes dans le pré qui se trouve derrière la maison pour couper toute retraite. Vous connaissez le GIGN, le goût qu'ils ont pour les opérations limites ou spectaculaires... Le Préfet et le ministère n'ont d'yeux que pour eux. J'avais demandé officiellement la direction de cette opération, vous le savez. J'estimais qu'à dix-huit mois de la retraite on me devait bien ça. Devinez ce que le Préfet m'a répondu ? ...

Garcia s'interrompit dans sa succion précautionneuse du gobelet.

— « Dix-huit mois, c'est bien le problème, il m'a dit. Pourquoi aller vous mouiller à présent ? Laissez les jeunes s'occuper de tout ça, vous avez fait de l'excellent travail. » Putain de merde, il a quel âge, Vincent ?

Garcia signifia en tordant la bouche qu'il l'ignorait.

— Trois, quatre ans de moins que moi, à tout casser ! Alors quoi ?

Un silence écrasant s'abattit dans la pièce. L'inspecteur Garcia soufflait doucement sur son potage. Le commissaire s'assit à son bureau et alluma un petit cigare dont l'odeur écœurante imprégna l'air aussitôt.

— Comment savent-ils quand les Basques reviendront chez le toubib ? demanda Garcia.

Le commissaire tira encore deux ou trois bouffées empoisonnées avant de répondre.

— Le toubib. Les collègues de Bayonne lui ont fait je ne sais quel odieux chantage, alors il a parlé. C'est aussi simple que ça.

— Aucune nouvelle de Matanzas ?

Le commissaire haussa les épaules et écrasa son

cigare avec méthode, jusqu'à le réduire à quelques brins noirâtres au fond du cendrier.

— Matanzas n'intéresse personne. Il a dû repasser en Espagne, et tant mieux.

— Sans avoir accompli sa mission ?

Le commissaire se leva en agitant les mains.

— On ne va pas rediscuter de cela. Madrid nie, et a toujours nié avoir engagé des tueurs. Et à moins que vous ne soyez mieux informé que moi, la mission dont vous parlez tient davantage du fantasme de journaliste que des faits.

Garcia acquiesça et se remit à siroter son ersatz de potage. Marquet s'approcha de lui avec un sourire conciliant.

— Laissez Matanzas à son destin de minable, et cessez de boire cette saloperie.

Garcia écarquilla les yeux, surpris, et estima qu'au moins c'était chaud, comme saloperie.

— Allons manger à l'extérieur, on continuera de parler. Un chinois. Chez Tong, par exemple. Vous connaissez ?

*

Le restaurant était situé tout près de l'Hôtel de Ville, aussi durent-ils marcher un peu sur des trottoirs que le gel, sous forme de plaques de neige tassée, rendait peu praticables par endroits.

— Les Russes devraient attaquer maintenant, observa Marquet. Tout le pays est sous la neige et fonctionne au ralenti.

— Vous ne croyez pas qu'ils ont d'autres soucis en ce moment ? Vous aussi, vous fonctionnez sur de vieux fantasmes. Ils s'empareront des entrepôts où se planque la bouffe à Moscou avant de déferler sur l'Europe !

— C'est vrai, concéda le commissaire. En réalité, ils nous envahiront par leur émigration... Et on ne pourra pas tous les caser comme chauffeurs de taxi !

Sur la place Gambetta ensoleillée, les parterres enneigés avaient des ombres bleutées sous les arbres, cernés de toits aveuglants.

— C'est beau, une ville sous la neige, fit Garcia en prenant la voix rauque d'un acteur célèbre.

Le commissaire le considéra avec étonnement et leva le nez vers les façades, indifférent, et marmonna quelque chose d'indistinct.

Une Chinoise au sourire affable les installa dans un coin de la salle déserte. Ils commandèrent un apéritif, que le commissaire proposa d'offrir. Avec une ironie méfiante, Garcia le remercia et supposa que ce que Marquet avait à lui dire était d'importance.

— Le mot importance est faible, sourit le commissaire.

Ils se plongèrent dans la lecture du menu qu'on venait de leur apporter en même temps que les apéritifs. Le commissaire, qui connaissait la maison, donna quelques conseils : les nems et le bœuf au curry valaient le détour. Le crabe farci, en revanche, n'était selon lui qu'une décevante blague de cuisinier roublard. L'inspecteur choisit donc du crabe et du poulet aux champignons noirs. Les deux policiers s'accordèrent sur un Côtes de Provence parce que son prix modique les mettait à l'abri d'une déception disproportionnée.

Pendant un moment, ils parlèrent à voix basse en sirotant leur cocktail-maison. Le commissaire brocarda les intrigues des romans policiers que sa femme s'entêtait à écrire et à envoyer à des éditeurs apparemment peu sensibles à son talent. Garcia, lui, donna des nouvelles de son divorce avec détachement, avouant que le plus dur était le partage des biens acquis ensemble. Quand on les eut servis, ils se turent quelques minutes. Puis Garcia se déclara déçu par le crabe farci et versa le Côtes de Provence qu'il goûta aussitôt, pour affirmer que la dénomination «vin» relevait de la répression des fraudes.

— Parlez-moi de la femme Calmon, fit brusquement le commissaire. Qu'est-ce qu'on peut en tirer ?

— Rien. Elle ignorait tout des sympathies de son mari. Je l'ai trouvée complètement désemparée par ce qui lui arrivait, malgré ce qu'elle a laissé voir.

— Aucune jalousie de savoir son bonhomme en compagnie d'une autre femme qu'il a de surcroît connue dans le passé ?

— Si. Vous avez vu les photos ? Pas farouche, la camarade basque. Mathilde Calmon est restée presque dix minutes à feuilleter l'album. On aurait dit qu'elle n'avait jamais vu de femme nue en photo.

— Jalouse, donc. Voilà qui est bien utile.

— Utile ?

— Elle est très amoureuse de lui, alors ?

Garcia vida son verre et se resservit tout en s'essuyant la bouche, le regard du commissaire collé à chacun de ses gestes.

— Je suis même sûr qu'elle ferait n'importe quoi pour le sortir de là, précisa l'inspecteur.

Le commissaire affirma qu'il n'en doutait pas un instant, et se servit un plein verre d'eau qu'il vida d'un trait, en soufflant, après, bruyamment.

— C'est une femme très intelligente, vous savez, dit Garcia. Elle déteste les flics.

Le commissaire sourit :

— Est-ce un critère d'intelligence ? Et puis réfléchissez : vous débarquez chez elle, vous commencez à fouiller dans les histoires de cul du mari en fuite depuis trois jours, vous lui montrez des photos pour lesquelles elle n'a peut-être jamais voulu poser, et vous l'agacez avec les impératifs de l'enquête. C'est sans doute vous, qu'elle déteste, et non les flics en général... De toute façon, dites-vous bien que dans ce milieu d'anciens gauchistes, cette génération de petits bourgeois rangés des manifs, on ne fera jamais un gros score de popularité.

Il bût une gorgée de vin.

— C'est vrai que ce vin est particulièrement dégueulasse.

— Vin français, expliqua perfidement le serveur qui passait à ce moment-là pour aller observer de derrière la vitrine si d'autres clients s'annonçaient.

— On va se taper un dessert. Qu'en pensez-vous ? proposa le commissaire.

Il fit un signe au serveur, qui rapporta la carte.

Ils burent leur café tout en avalant quelques lychees au sirop. Le commissaire les gobait d'un geste vif, pratiquement sans mâcher.

— Vous imaginez l'effet que cela produirait si nous procédions à une arrestation dans cette affaire ? demanda le commissaire au bout d'un moment.

Garcia éclata d'un rire silencieux.

— Vous finiriez votre carrière au faîte de la gloire et de la promotion, et moi je passerais inspecteur principal avec trois ans d'avance !

— Je suis très sérieux, fit le commissaire. On va arrêter Calmon. On leur laisse le commando basque, et on agrafe le comparse.

— J'avoue que j'ai du mal à comprendre.

— Vous allez convaincre Mathilde Calmon de nous aider à sauver son mari.

— À le sauver ? Et de quoi ?

— Une fusillade pourrait éclater, vous comprenez. Les super-gendarmes sont sans aucun doute des hommes exceptionnels, aux nerfs d'acier, aux réflexes parfaitement contrôlés, mais n'en étant pas moins hommes, ils pourraient penser fortement à leur collègue de Biarritz, ce père de trois enfants fauché dans l'exercice de ses fonctions, et avoir la détente plus facile. Qu'en pensez-vous ?

— Je vous écoute. Je ne suis pas expert en psychologie gendarmesque.

— Mathilde Calmon aura peur, si vous lui racontez tout ça. De plus, elle voudra arracher son mari des mains de cette salope surgie du passé. Elle n'est pas de marbre, votre intellectuelle, non ?

— Bien sûr, mais je...

— Vous la convaincrez. Elle débarquera au milieu de l'opération, elle récupèrera son bonhomme au moment le plus chaud, c'est un risque à courir, et ils partiront presque tranquillement.

— Et si votre plan foire ? Si elle est descendue, par exemple ?

Le commissaire sourit avec satisfaction.

— Alors, elle passera pour une complice de son mari, qui lui avait demandé de le rejoindre pour donner un coup de main à l'évacuation du blessé.

— Comment vont-ils s'enfuir ? Tout le secteur va être bouclé !

— Non. La consigne, c'est le secret. Tous les services sont soumis à un black-out total. La ville est parcourue et investie par des effectifs très réduits, pour ne pas attirer l'attention. Or, en plus, ce soir-là, il y a une quine au bar-trinquet. La quine de l'année, figurez-vous, à laquelle des centaines de personnes vont participer. Des gens vont donc, dès quatre heures du soir, et jusque tard dans la nuit, se balader, entrer, sortir, stationner sur la place, bref, animer quelques heures durant ce trou mortel. Pas question de dresser des barrages de CRS aux alentours: ça mettrait la puce à l'oreille à une population méfiante, et dont les sympathies pour les fuyards, les clandestins, sont fortes. On m'a dit que l'âme basque résidait dans ce trait de caractère. C'est d'une opération chirurgicale, qu'il s'agit. Le mot est d'un des directeurs des RG: encore un qui a trop écouté les consultants militaires de la télé. Ils veulent taper vite, fort, et juste. Donc vous comprendrez que le bouclage sera inexistant, à part à la frontière, parce que nuisible au bon déroulement de l'opération. D'après les experts du GIGN, l'intervention est tellement sûre que vingt de leurs hommes au maximum se trouveront dans Hasparren. Toute la logistique et les transmissions seront dispersées dans un rayon de cinq kilomètres. Voilà l'affaire. Les époux Calmon fuient vers Bordeaux, où nous les interpellerons le lendemain. Vous parlerez à la femme de l'État de droit, de la justice... Alors? Vous marchez?

Garcia tritura sa serviette de papier en regardant dehors par la baie vitrée où venaient se déplacer de rares passants. Il revint au commissaire qui lui plantait son regard intense dans le front.

— Si tout se passe bien, je me fais fort de vous livrer Matanzas sur un plateau.

Le visage de l'inspecteur s'anima.

— Comment vous y prendriez-vous?

— La presse, mon cher. Il suffira que Matanzas y lise qu'il a été repéré à Bordeaux grâce à nos informateurs. Comme il n'a rencontré que deux personnes le connaissant, on peut être sûr qu'il reviendra en discuter avec eux, non? Il est assez con pour tomber dans ce genre de piège, d'après ce que vous m'avez dit? Vous pourrez alors agir à votre guise.

Garcia le regardait fixement, à l'évidence absorbé dans ses pensées.

— C'est d'accord, murmura-t-il. Je suis avec vous, fit-il plus fort.

Marquet sourit largement et lui tendit la main par-dessus les verres et les tasses de café.

— Je vous félicite, Garcia. Vous êtes un flic intelligent.

19

Angel pleurait. On n'aurait pu dire si c'était de froid, d'effort ou de rage. Il regagna sa voiture, s'empara de l'Ingram, remonta la pente du chemin en courant sur une centaine de mètres puis s'arrêta net, le souffle coupé. Chaque inspiration lui arrachait un gémissement, et il dut se plier en deux pour récupérer un peu. Il regarda le flanc de la montagne décourageant de blancheur éblouissante, et brandit son arme vers la ferme. Il retourna vers sa voiture et y monta. Il manœuvra avec difficulté sur la neige gelée pour rejoindre la chaussée, roula au pas, trouva un autre chemin masqué de la route par un talus, y dissimula la voiture, dont il sortit pour aller se poster derrière un muret et observer la route. Il avait pris avec lui l'Ingram et le tenait sous son blouson, au chaud, comme s'il se fut agi d'un animal. Il avait dans sa poche une flasque d'alcool dont il buvait une gorgée de temps en temps.

Il n'eut pas à attendre longtemps. La femme et son garde du corps passèrent devant lui à l'intérieur d'un 4x4 maculé de boue. Il les suivit de très loin, faillit les perdre souvent. Il écoutait une radio espagnole et fredonnait parfois, comme machinalement, des succès internationaux matraqués des deux côtés de la frontière.

À Saint-Jean-Pied-de-Port, il put se rapprocher un peu du tout-terrain cradingue, et se débrouilla pour déplier devant lui une carte du coin. Ils prirent la route d'Esterrençuby, qui ne mène pratiquement nulle part. Angel éclata d'un rire satisfait en le constatant sur la carte.

— Connards de merde, ricana-t-il en montant le son de l'auto-radio. Je vous baiserai.

À Esterrençuby, il avisa une sorte d'hôtel-restaurant, plus ou moins fermé à cette époque de l'année, et dut insister pour qu'on lui cède une chambre. La femme qui le reçut expliqua que la grosse affaire du jour était la préparation de la soirée de Noël, que cela lui donnait beaucoup de travail. Elle s'étonnait qu'on pût venir se perdre dans cet endroit avec toute cette neige. À quoi le tueur répondit qu'il n'était pas perdu, qu'il avait tout son temps et serait heureux de profiter du calme qui régnait au village.

— Il ne doit pas passer grand monde sur la route, observa-t-il.

— Vous êtes la deuxième voiture aujourd'hui.

— C'est rassurant, dit-il. Une route qui se perd dans la montagne.

La femme s'esclaffa en lui déclarant qu'il était poète, qu'il en fallait bien.

Angel monta dans sa chambre dès qu'elle fut prête. Il s'amusa à monter et démonter ses armes et fit preuve à ce jeu d'une dextérité qui dut le rasséréner, car lorsqu'il eut fini, il s'endormit tout habillé, un automatique sous l'oreiller.

La route, à peine visible sous la neige accumulée en congères, chevauchait les crêtes désertes. Le 4x4 de Garat, bien qu'équipé de chaînes, avait du mal à attaquer les raidillons ou les épingles à cheveux des virages. Emilia et Pierre étaient muets et raides depuis qu'ils avaient laissé derrière eux Saint-Jean-Pied-de-Port, et il était difficile d'établir dans leur attitude recroquevillée la responsabilité exacte du froid. Il faisait grand soleil. Les nuages et le brouillard étaient sous eux. Les vallées demeureraient toute la journée sans doute écrasées de grisaille, figées par le gel, ralenties par l'hiver total. Sans cesse, Emilia se retournait pour s'assurer que Matanzas ne les avait pas suivis. Elle gardait dans sa poche la main sur son pistolet automatique. Pierre avait essayé, en vain, sans trouver vraiment d'argument fort, de la calmer, lui demandant d'abandonner ce recours aux armes à la moindre difficulté. « Un tueur payé par Madrid cherche à nous abattre, et tu appelles ça une difficulté », s'était-elle contentée de répondre.

Ils avaient pris en hâte quelques boîtes de conserves, du café lyophilisé, un réchaud à alcool, des allumettes. De quoi se nourrir et tenter de se réchauffer. La cabane, assurait Emilia, était dotée de sacs de couchage et de bois. Pierre avait trouvé dans un placard de la ferme une bouteille de gnôle entamée, et, l'ayant débouchée, avait décelé un parfum de myrtilles. La bouteille était donc du voyage.

Ils roulèrent pendant trois heures environ, au cours desquelles Emilia avait donné des signes d'incertitude quant à l'endroit où se trouvait la cabane. « Une cabane de bergers en mœllons et en tôle. Avec une réserve de bois à droite et les volets verts. Le berger est un copain, je suis venue là cet été. » Comme la route semblait ne mener nulle part, et donnait même parfois l'impression de se dissoudre dans le chaos neigeux, ils durent à plusieurs reprises s'arrêter et consulter sérieusement la carte.

Enfin, les volets verts apparurent. Il leur fallut marcher un bon quart d'heure, enfoncés dans la neige jusqu'aux cuisses, pour parvenir jusqu'au refuge. Le froid vif fit de nouveau saigner la lèvre d'Emilia, et le vent s'acharnait sur les hématomes qu'elle portait au visage. Le niveau de la neige atteignait pratiquement la mi-hauteur de la cabane, et bloquait à la fois la porte et l'unique volet. Pierre dut dégager les issues à l'aide d'une pelle au manche vermoulu qu'il trouva sur le tas de bois. Dès qu'ils purent entrouvrir la porte, Emilia se faufila à l'intérieur et alluma du feu, prépara une sorte de café dans de grands quarts métalliques trouvés sur place, qu'elle corsa avec l'alcool de myrtilles. Quand Pierre pénétra enfin dans l'abri, il se réjouit que la température y fût remontée au-dessus de zéro. Ils burent, assis l'un contre l'autre sur un banc boiteux qu'ils avaient tiré devant le foyer, puis s'occupèrent longtemps à attiser le feu dont l'essentiel de la chaleur, bien sûr, s'évadait par le conduit de cheminée. Ils prirent un plaisir presque muet, peuplé de grognements ou de gémissements d'aise, à remuer les bûches, à fourrager dans les braises. Des flammes dansaient, prises parfois d'envolées bourdonnantes qui secouaient alors des nuées de scories avalées par le gouffre renversé du foyer.

Ils purent même, durant une heure ou deux, retirer leurs anoraks. Pierre retroussa les manches de son pull-over pour jouer un peu plus avec le feu. Puis ils fumèrent des cigarettes en sirotant leur breuvage au café, toujours serrés l'un contre l'autre. Il vint un moment où Emilia appuya sa tête sur le bras de Pierre, l'enlaçant par la taille. Ils demeurèrent absolument immobiles, longtemps, les yeux très brillants, sans doute à cause du feu qui donnait à leur peau des couleurs aux nuances chaudes et changeantes. Ils s'embrassèrent. Pierre avait laissé sa tête basculer du côté de la femme, et plus rien ne s'était opposé à la chose. À pleine bouche. Leurs mains s'égarèrent, leurs souffles devenaient courts. Le craquement terrible d'un bloc de neige qui se détacha du toit les arracha dans un sursaut à leurs retrouvailles. Ils sortirent pour mieux se rendre compte. La neige avait bleui. Le soleil disparaissait derrière les sommets d'où la nuit semblait glisser déjà doucement vers la cabane. Emilia frissonna et déclara qu'elle avait faim. Ils préparèrent leur repas dans des gamelles en aluminium cabossées en les posant sur la braise. Le froid leur tomba sur les épaules d'un coup, et le feu qui leva, quand ils l'eurent ranimé, ne changea rien à l'engourdissement qui s'accrochait à leurs gestes. Le cassoulet en boîte, le pâté de composition douteuse furent ingurgités sans commentaire. Pour pousser l'ensemble, Pierre but plusieurs gorgées de gnôle. De longues gorgées dont la brûlure le fit grimacer. Après quoi il installa le couchage. Il étendit des matelas de mousse sur deux claies de bois, y déplia des duvets de montagne dont la violente odeur de moisi satura l'air aussitôt. Il agissait avec des gestes brusques pour effrayer le froid comme on éloigne de mauvais oiseaux. Il était maladroit, bruyant, et de la poussière de terre et de cendre mélangées se soulevait à chacun de ses mouvements. Emilia, qui le regardait faire sans bouger de son banc, recroquevillée et parcourue de frissons, lui demanda s'il n'avait pas trop bu. Comme il lui tournait le dos, courbé sur leurs lits, il répondit qu'à part se saouler, il ne voyait pas très bien quoi faire, une fois qu'on était rendu au bout du monde.

— Et c'est pour cette merde que tu veux l'indépendance, ajouta-t-il.

— Ne sois pas con, répondit Emilia. Le bout du monde n'existe pas. C'est pourquoi ils ne nous acculeront jamais nulle part.

Elle s'enfonça davantage dans son anorak, col relevé, et gardait les jambes serrées, ses mains jointes au chaud entre ses cuisses.

— Ils ont lâché leurs tueurs, continua Emilia. Tu vois bien de quoi ils sont capables. Ils utilisent tous les moyens. Sais-tu qu'en prison on impose aux camarades l'isolement total pour les briser ?

Pierre ne répondit pas. Il avait trouvé une lampe au carbure et s'efforçait de l'allumer. Une clarté précaire jeta quelques ombres sur les murs de la cabane. Dans le silence qui s'installa entre eux, le vent en profita pour courir sur les pentes, sur le toit, en faisant craquer la neige.

— La lutte armée est une connerie sous nos latitudes. Elle ne sert qu'à occuper quelques flics supplémentaires. Faudra que tu m'expliques l'efficacité politique d'une voiture piégée qui pète sur un parking de supermarché en faisant vingt morts.

Il s'interrompit et la regarda en se frottant les mains.

— De quoi on parle, putain de merde ? reprit-il. Il fait à peine deux ou trois degrés au-dessus de zéro, on est paumés dans la neige comme des trappeurs, et on cause lutte armée. Dis-moi que je rêve. Si Che Guevara nous voyait, il ferait une crise d'asthme, le malheureux. Et il attraperait la crève en prime. Dans ce pays, pas besoin d'armée bolivienne.

Pierre revint vers la cheminée où il jeta une bûche. Les flammes furent longues à venir mordre au bois dont l'écorce éclata. L'homme annonça qu'il se couchait, et entreprit d'ôter ses chaussures et son pantalon, ainsi que son anorak.

— Fais comme moi, et plie tes vêtements dans une poche, ça évitera qu'ils prennent l'humidité. C'est très mauvais de dormir tout habillé.

Il se coucha. Emilia l'imita après avoir fumé une cigarette. Mais elle garda pour dormir tous ses vêtements, à l'exception de l'anorak. Quand elle eut éteint la lampe, et que leur seul éclairage fut le feu agonisant, la nuit s'imposa tout à fait et les maintint immobiles. Dehors, le vent bousculait la cabane à coups d'épaule, avec des plaintes d'effort.

— Le vent, murmura Emilia.

— Oui, le vent. Tu as peur ?

— Oui. Comme quand j'étais petite.

20

Une lumière crue et verticale tombait des cintres sur les comédiens assis sur l'épais tapis de corde qui tenait lieu de plateau. Simon, le metteur en scène, installé au troisième rang dans les gradins, faisait courir sur la troupe un regard fiévreux. Chacun baissait le nez, comme accablé par l'éclairage.

— Parce qu'on peut renoncer, si c'est ce que vous voulez, dit-il avec des couteaux dans la voix. On travaille une tragédie grecque, pas une exposition de statues, vous êtes au courant ?

Il se dressa, les yeux à moitié révulsés, les bras collés au corps.

— Voilà à quoi vous ressemblez, tous. Voilà. Repartez dormir chez vous, si c'est tout ce que vous êtes capables de faire, merde.

Il se rassit devant sa petite table de travail et referma trois gros cahiers couverts de schémas et d'indications multicolores.

— Laurent ! appela-t-il vers les cintres. Éteins-moi tout ce bordel, ils veulent dormir !

Les comédiens s'étaient tous levés et regardèrent la salle se rallumer, les projecteurs mourir un à un.

— Bonne nuit ! déclama l'homme de théâtre en partant.

Mathilde échangeait quelques mots avec la fille qui tenait le rôle d'Antigone. Comme l'autre lui parlait en accompagnant ses mots de gestes amples, elle n'écouta plus, soudain, les yeux rivés à l'autre bout de la salle, du côté des coulisses.

L'inspecteur Garcia s'avança sur le plateau. Mathilde murmura un « bonsoir » pressé à sa camarade et marcha à la rencontre du policier qui regardait autour de lui d'un air impressionné. Ils se serrèrent la main hâtivement.

— C'est la première fois que je mets les pieds sur une scène, expliqua Garcia.

Mathilde demeurait impassible, un peu raide.

— En quelques jours, vous avez découvert qu'on peut posséder plus de trois livres, et vous avez connu l'émotion d'un plateau de théâtre. Vous finirez par devenir fréquentable !

Garcia regardait les autres membres de la troupe s'éloigner. Ils étaient tous avalés par les portes qui battaient sur eux sans bruit. Mathilde et lui se trouvèrent bientôt dans un silence absolu.

— Quel silence ! dit Garcia. C'est lourd !

Mathilde fit quelques pas, lui tournant le dos.

— C'est le silence du théâtre, répondit-elle. Il demande à être peuplé. Mais votre voix à vous l'envahit. Le profane. Allons parler ailleurs qu'ici. Tenez. Dans les gradins.

Elle descendit du plateau d'un petit bond et gravit lentement les degrés d'une allée qui séparait deux séries de sièges-coquilles bleus. Un grincement de porte résonna, qui fit se retourner le policier.

— Le régisseur ne part pas avant minuit, expliqua Mathilde.

Ils s'installèrent l'un à côté de l'autre et contemplèrent un court instant la scène vide. Garcia fouilla dans ses poches comme pour en sortir quelque chose, puis reposa ses mains sur ses genoux en les croisant, ses doigts agités parfois de mouvements inutiles.

— Je suis passé chez vous, commença-t-il. Comme je ne vous ai pas trouvée, j'ai pensé que vous étiez ici. C'est un peu étonnant, non ? Jouer un rôle alors que…

— Pour vous peut-être, dit Mathilde en haussant les épaules.

— Cela signifie sans doute que vous savez où se trouve votre mari et ce qu'il fait… Vous êtes donc rassurée.

Mathilde montra d'un geste vague la scène qu'ils dominaient.

— Quand je suis là-dessus, je ne pense à rien d'autre qu'à mon rôle.

— On dit que les comédiens se dédoublent. Ce serait vrai ? Même dans votre cas avec le souci de votre mari qui risque sa peau pour des conneries ?

Mathilde eut un rire nerveux.

— Surtout dans mon cas.

— Je ne comprends pas.

— Ne cherchez pas à comprendre. Ce serait une attitude inédite de la part d'un flic.

Garcia se tourna vers elle et la considéra avec un rictus d'agacement.

— De quoi ça parle, *Antigone* ?

— De la raison d'état, en gros.

— En gros ?

— Oui. Les subtilités vous échapperaient sans doute. Et puis ce serait un peu long à expliquer.

Le policier fouilla de nouveau dans ses poches et en extirpa en se contorsionnant un paquet de cigarettes et un briquet. Il tendit le paquet à Mathilde. Elle se servit et laissa l'homme aux prises avec la molette qui produisit une flamme bleue vacillante. Elle le remercia dans un souffle.

— Je suis venu pour vous aider à revoir Pierre vivant, dit Garcia quand il eut allumé sa cigarette.

Mathilde sursauta.

— Pierre ?

— Oui, c'est ainsi qu'on le nomme, non ?

— Bien sûr, mais...

— C'est vous, Antigone ?

— Non. Je joue sa sœur. Ismène. Celle qui hésite.

Garcia acquiesça en silence. Il fuma sans plus rien dire pendant une minute ou deux, puis déclara que c'était beau et impressionnant, un théâtre vide.

— Qu'aviez-vous à me dire ? demanda Mathilde. Qu'on en finisse.

— Un piège a été tendu à... votre mari. Surtout à celle qui est avec lui, en fait. On sait quel jour et à peu près à quelle heure ils iront récupérer le blessé chez un médecin d'Hasparren. Le SRPJ est chargé de coordonner l'opération en liaison avec le GIGN. On les attendra, on les prendra, même si pour l'instant on ne sait pas où ils se trouvent.

Il s'interrompit brusquement pour écraser le mégot de sa cigarette.

— Je vous écoute, fit Mathilde sans le regarder.

— Nous avons tout lieu de penser qu'Emilia Ochoa ne se laissera pas prendre sans résistance, et qu'alors, sa vie et celle de votre mari sont en danger. Les gendarmes ont perdu l'un des leurs à Biarritz, ne l'oubliez pas. Ça risque de tourner à l'exécution sommaire, vous comprenez ?

— Franchement, je ne vois pas vraiment où vous voulez en venir.

— Nous avons besoin de vous pour faire foirer le plan

du GIGN. On vous donne le lieu de rendez-vous, l'heure, vous attendez, et vous intervenez dès qu'ils arrivent. Vous jouerez le rôle du grain de sable.

— Ça se piétine, un grain de sable. C'est même fait pour ça.

— Vous manquez singulièrement d'imagination, pour quelqu'un d'aussi intelligent. Un grain de sable dans une mécanique aussi précise que ce genre d'intervention en devient la pièce maîtresse.

Mathilde se leva brusquement et descendit dans la travée.

— J'en ai assez entendu. Pierre, de toute façon, ne se laissera jamais entraîner dans ce genre d'affaire. Ce n'est pas possible.

Garcia la rattrapa en quelques enjambées, et la saisit par le bras. Leurs visages se touchaient presque. Mathilde regardait le policier d'un air effrayé.

— Qu'est-ce qu'il est en train de foutre, selon vous ? Quelles sont les motivations d'un ancien gauchiste qui aide tout d'un coup un groupe terroriste ? Il est déjà sous le coup des lois anti-terroristes, et il sera inculpé, si on le récupère en vie. Alors à vous de choisir : un cadavre libre, ou un mari vivant grâce à vous qui rendra des comptes à la justice et pourra plaider le moment d'égarement, le romantisme révolutionnaire, ne vous déplaise, ou la nostalgie des amours passées, et qui pourra donc s'en sortir à peu près en quelques années. À moins que vous ne préfériez pleurer sa mort le reste de vos jours en enfilant la défroque douteuse des martyres et des veuves masochistes... Ça fera très chic parmi vos copains. Très tragique, surtout. Qui sait ? L'un de ces connards écrira une pièce sur votre histoire, et vous fera jouer le rôle principal, celui de la pleureuse hystérique ? C'est comme vous voulez. Vous savez où me joindre. Vous avez jusqu'à demain dix-huit heures pour vous décider.

Il acheva de descendre les gradins et se retourna vers Mathilde, essoufflé, il la regarda pendant une seconde les bras ballants, puis marcha rapidement vers une issue de secours où il disparut dans un claquement de fer.

Mathilde marcha lentement jusqu'à la scène. Elle y monta en empruntant un plan incliné qui craqua un peu sous ses pas, et se plaça au centre exact du plateau. Elle regarda fixement les gradins, l'alignement bleu roi des sièges vides, le quadrillage des travées. Des larmes coulèrent sur ses joues ; nombreuses, elles dégouttaient de son menton. Son visage demeurait impassible. Ses yeux grands ouverts continuaient de parcourir l'alignement des places avec entêtement, comme si elle cherchait quelqu'un qui aurait dû s'y trouver. Elle essuya son visage, renifla bruyamment, envoya sa tête en arrière avec énergie, mais ne bougea pas.

Une voix résonna, qui la fit tressaillir, lui demandant si tout allait bien. Elle répondit que oui, qu'elle allait partir. Comme elle se dirigeait vers la coulisse, les larmes coulaient encore. En sortant de scène, elle ébaucha le mouvement de se retourner, puis courut jusqu'aux loges avec une sorte de gémissement d'animal.

Dehors, le froid la fit instinctivement se recroqueviller sur elle-même. La neige, par plaques qui gisaient au pied des murs et s'étendaient parfois en traînées sournoises, lui tendait des crocs-en-jambe sales et durcis par le gel. Elle rejoignit sa voiture lentement. Quand elle se fut mise au volant, elle prit dans la boîte à gants un mouchoir de papier dont elle essuya son visage. Elle alluma l'autoradio pendant qu'elle manœuvrait. Un concerto de Mozart essaya de s'imposer sur le bruit du moteur durant un court moment, puis Mathilde éteignit le poste d'un geste presque brutal.

Elle roula jusqu'à l'Écran Noir, parvint à se garer non loin de là. Il n'y avait pas grand monde. Billie Holliday s'enrouait en sourdine. Au fond de la salle, trois types jouaient au billard en éclusant d'imposantes chopes de bière. Le barman reconnut Mathilde et la salua. Elle commanda un whisky irlandais en s'installant au bar.

— Vous êtes seule ? s'inquiéta le barman.

— Vous êtes drôlement observateur, fit-elle. Ça se voit tant que ça ?

— Non, je dis ça parce que d'habitude, vous...

— Faut flinguer les habitudes, surtout quand elles sont bonnes.

— C'est sûr, acquiesça le barman à tout hasard.

Mathilde jeta un coup d'œil à la salle. Une petite dizaine de personnes, agglomérées par paires ou trios autour des tables, discutaient doucement ou suintaient d'ennui. Les joueurs de billard ne s'exprimaient que par des éclats de voix qui interrompaient parfois le moutonnement sourd des conversations. Mathilde les regarda faire un moment : pieusement penchés sur le plateau vert, ostensiblement concentrés dans leur chorégraphie précipitée ou excessivement lente, selon les moments, autour du jeu, ils semblaient étudier davantage les effets du spectacle qu'ils croyaient donner que l'efficacité de leurs coups, souvent hasardeux, qui provoquaient des carambolages intempestifs. Ils ricanaient des échecs des autres, ou se félicitaient en connaisseurs, une moue admirative aux lèvres, masqués d'un fair-play tendu.

Mathilde revint à son whisky qu'elle termina en deux gorgées pénibles. Elle en commanda un autre au barman qui souriait à la partie de billard tout en essuyant des verres. La cigarette qu'elle alluma, une américaine puissante et sucrée, la fit grimacer légèrement, puis fermer les yeux, comme si elle était soudain prise d'un vertige. Elle avala coup sur coup trois gorgées de whisky les yeux rivés au miroir qui tapissait le mur derrière le comptoir. Elle souriait à l'alignement de bouteilles qui scintillait en face d'elle quand une voix l'arracha à son ravissement.

— Salut, Mathilde.

Elle se retourna vivement vers l'homme qui se tenait près d'elle. C'était un des joueurs de billard. Il attendait d'être servi et la fixait en souriant.

— On se connait ?

— Un peu. Mars-avril 73 à la fac. Le comité lettres. C'était plutôt sympa, entre nous deux.

Elle but, sans quitter l'homme des yeux.

— Quelle mémoire ! ironisa-t-elle. Décidément...

— Quelle capacité d'oubli ! rétorqua le type. Tu ne te rappelles vraiment pas ? Michel Lalanne.

— La barbe, fit Mathilde. Tu avais la barbe et des cheveux, enfin davantage, c'est ça ?

Il passa une main précautionneuse sur ses sommets dégarnis.

— Exact. En dix-sept ans, ça déboise. Comme en Amazonie. Il sourit de sa plaisanterie. Il semblait assez content de lui, généralement.

— Mais toi, reprit-il comme elle ne disait rien, je t'ai reconnue tout de suite. C'est vrai que t'as pas eu besoin de te raser.

Un ange passa entre eux qui avait la voix d'Aretha Franklin.

— Et tu fais quoi dans la vie ? demanda l'homme.

— Je bois du whisky et j'écoute de la musique, à l'instar de ma génération.

— Aretha Franklin, huma-t-il dans l'air. C'est bien. Super voix.

Ses deux compères l'interpellèrent. Il sourit d'un air gêné à Mathilde et s'éloigna vers eux, un verre de bière dans chaque main. Le barman avait entrepris une fille et jouait serré, sous une grosse lampe-bouteille aux armes d'un alcool fort. Le dénommé Lalanne revint au comptoir et s'y accouda.

— Moi, je bosse dans la vidéo pour l'Éducation Nationale, reprit-il. La planque !

Il souriait, un peu hésitant, il parlait doucement, sans affectation. Il avait de longs cils noirs.

— Michel Lalanne... fit Mathilde en le regardant intensément. Tu étais avec Andrée, à l'époque, non ?

— Je vois que la mémoire te revient, dit l'homme qui s'était un peu crispé. On s'est même mariés, et on a eu deux gosses. Encore des enfants de divorcés...

— Allons bon, murmura Mathilde.

— Et toi ?

— Moi, j'ai des amants. Des beaux et des moches. Des gras et des musclés. Le choix est difficile. Mon préféré vient de partir avec une gueuse.

Elle pouffa de rire et vida son verre.

— Tu es saoule ?

— Bien sûr. Sans quoi, je me demande comment j'aurais la force de discuter avec toi, surtout pour te raconter des bêtises. Si on allait chez toi, plutôt ? Parce que si je reste ici, je sens que je vais devenir désagréable.

— T'es bourrée... T'es sûre que...

— Sûre de quoi ? D'avoir bu ? Ça oui !

Elle eut un petit rire et embrassa l'homme sur la joue.

Il se débarrassa facilement de ses compagnons et de leurs protestations. Mathilde et lui sortirent accompagnés de leurs rires lourds de sous-entendus. Elle prit

Lalanne par le bras et se serra un peu contre lui, à cause d'un petit vent froid qui rôdait dans la rue. Il habitait à quelques rues seulement dans ce vieux quartier des Chartrons au-dessus d'un ancien chai qui se signalait encore par des relents fossiles de barrique humide et de vinasse.

Lalanne fit de la lumière aussitôt en entrant. Éclairages jaunes et orangés. Aquarium d'azur. Mathilde considéra les yeux ronds le spectacle son et lumière, figée à côté du portemanteau, dans le petit hall qui servait d'entrée, séparé du reste de l'appartement par des plantes vertes. La musique du Grand Bleu laissait les poissons bariolés totalement indifférents mener leur vie d'ondulations aériennes.

Mathilde fit quelques pas en direction de l'aquarium.

— On se croirait dans un sous-marin, fit-elle.

Elle tapota de l'ongle la paroi de verre. Une créature transparente, de deux ou trois centimètres de long, fixait sur elle les billes infimes de son regard en agitant ses nageoires pectorales comme des ailes de mouche. Brusquement, la bestiole disparut sous un rocher, d'où surgit un poisson bleu et rose qui remonta la gueule ouverte vers la surface.

— Ça, c'est un…

— Laisse, coupa Mathilde. Ils sont très bien comme ça.

Lalanne avait posé une main sur son épaule pour appuyer sa tentative d'explication. Il la retira aussitôt.

— Sers-moi à boire, demanda Mathilde.

L'homme s'empressa, revint avec un ballon de Cognac. Elle flaira l'alcool pendant qu'ils se dirigeaient vers une sorte de canapé, ou de banquette, plutôt informe et mou.

— On se déshabille ? proposa Lalanne.

Elle se blottit contre lui, l'embrassa dans le cou, puis s'assit dans l'assemblage de coussins profonds.

— Toi d'abord, murmura-t-elle.

Il avala un peu de Cognac et posa son verre sur une table basse.

— Pourquoi pas ? dit-il.

Il se dévêtit sans cérémonie. Bientôt apparurent le torse efflanqué, le ventre bombé, que semblait soutenir le sexe au garde-à-vous.

Il s'approcha d'elle.

— J'ai commencé, j'ai droit à une faveur, dit-il en attirant vers lui la tête de Mathilde.

Elle se leva brusquement, s'éloigna vers l'aquarium. Le poisson transparent la regardait de nouveau.

— Qu'est-ce qui se passe ? On ne joue plus ?

— Je ne joue pas, répondit-elle dans un souffle, sans quitter des yeux le petit animal cristallin.

Puis elle se retourna vers l'homme. Toute raideur abolie, son corps paraissait encore plus affaissé.

— Excuse-moi, bredouilla-t-elle.

Elle fit claquer la porte derrière elle. Elle descendit tant bien que mal, titubante, l'escalier aux marches irrégulières.

Le froid qui bloquait tout et l'avait saisie ne cesserait jamais. Il pesait sur la ville plus lourd qu'une menace d'orage l'été. Mathilde conduisit avec des gestes raides et manipula avec agacement les commandes du chauffage. Elle rentra finalement sans s'être réchauffée, et se coucha tout habillée sans même se déchausser.

21

« Voilà. Vous voyez, ce n'est pas compliqué. Surtout, suivez scrupuleusement l'itinéraire de fuite. Il sera libre autour d'Hasparren pendant un quart d'heure. On ne peut pas faire plus.

Garcia s'interrompit et essaya de sourire. Le regard de Mathilde hésitait sur lui, puis se perdait dans la glace à laquelle il tournait le dos.

— Je... Je vous laisse la carte. Vous en aurez besoin.

Mathilde manipulait une cuillère à café qu'elle passait dans l'anse de la tasse vide posée devant elle.

— Vous n'avez pas confiance, n'est-ce pas ? demanda le policier.

Le serveur vint encaisser le prix de leurs consommations.

Mathilde insista pour payer.

— Ne soyez pas vieux jeu, en plus. J'aurais trop de mal à vous croire vraiment galant.

— Regardez tous ces gens, madame Calmon. Regardez-les.

Dans le café, des gens parlaient, jouaient au flipper ; des garçons et des filles, non loin d'eux, démolissaient méthodiquement leur prof de philo en fumant beaucoup, en prenant des poses. Un poste de télévision diffusait un clip vidéo où il était question pour une blonde bouche entrouverte sur la peau d'un mâle qui ondulait au-dessus d'elle, de «justify my love». Un vieux type assistait à la pamoison en noir et blanc d'un air médusé.

— Ils vivent, reprit Garcia. Ils respirent. Sans se demander pour quoi, ni pour qui. Un souffle après l'autre leur suffit pour se ravitailler en oxygène. Ils mangeront tout à l'heure et déclencheront la chimie vitale de leur digestion. Ils marcheront, sentiront la pluie sur eux, contents que le froid cesse. Ils regarderont les conneries de la télé: une émission de variétés présentée par un gendre idéal, un peu niais mais si propre sur lui, et qui distribuera des chèques et des cadeaux à une mémère du Gers ou du Vaucluse. Ou bien ils se taperont un polar américain... Ils verront une ou deux bagnoles exploser au terme d'une poursuite, et ils partiront se coucher sans se laver les dents. La vie, madame Calmon. On n'a que ça, on sait où ça nous mène, et on y tient vachement. Alors la trahison, les flics, les militants et leurs idéaux bouleversants, tout ça c'est du pipeau pour s'amuser l'esprit en attendant de crever. Mais le plus tard possible. C'est tout ce que je vous propose: une chance de continuer d'exister à petits pas ailleurs qu'en enfer. Parce qu'une fois que votre mari sera mort, tout ce que je viens de vous dire tournera dans votre esprit jour et nuit et aucun curé ne pourra rien contre ces démons-là. Il n'y a rien de pire que la mort qu'on aurait pu éviter.

Il se tut de nouveau pour la regarder.

— Ça va, dit-elle. Ne vous fatiguez pas. Je connais le truc: vivons cachés pour vivre heureux. Le bonheur des taupes. Gardez donc votre philosophie à la petite semaine pour votre commissariat.

Le policier se leva et enfila son imperméable.

— Ma philosophie, comme vous dites, en vaut bien d'autres. Et puis ma vie, *votre* vie, est une succession accablante de petites semaines.

Il sortit du café, elle le vit par la vitre disparaître dans la foule. Elle se leva à son tour et demeura près de sa chaise en regardant les autres consommateurs d'un air absent. Un des lycéens abandonna le procès de Socrate et leva les yeux vers elle. Il portait les cheveux très courts, presque coupés en brosse, et quelques boutons d'acné rougissaient aux ailes de son nez. Elle le fixa pendant quelques secondes et il détourna le regard en enfonçant les mains dans son blouson de cuir pour se donner une contenance.

Quand elle atteignit la porte du bar, une sirène d'alarme jaillit d'un jeu vidéo sur lequel s'acharnaient deux hommes jeunes qui injurièrent la machine. Mathilde s'était retournée vers eux d'un bond, puis haussa les épaules. Dehors, le redoux était bien là, et tombait en pluie fine sur la ville. La foule était au rendez-vous, soudain ragaillardie, comme un peuple d'escargots, et se pressait dans les rues pour refermer la parenthèse glacée. Mathilde évita les rues piétonnières autant qu'elle le put et récupéra sa voiture au parking de Mériadeck. Elle longea, tout près du quartier de béton censé annoncer l'an 2000, des pâtés de maisons vieilles aux murs noircis, aux volets écaillés. Des gouttières s'écoulaient avec des bruits de gorge. Mathilde dut louvoyer entre des sacs-poubelles et des voitures mal garées sur les trottoirs en pente. Par une fenêtre entrouverte, derrière une jardinière où végétait quelque plante grasse, elle aperçut une vieille femme dans sa cuisine, attablée, les mains posées à plat sur une toile cirée, devant un poste de télévision bruyant. Un abat-jour crasseux diffusait de la lumière jaune au-dessus de sa tête coiffée d'un chignon gris.

Mathilde ralentit, s'arrêta presque. Des placards de formica marron étaient fixés au mur. Une antique horloge aux ornements baroques laissait son balancier battre malgré l'absence d'aiguilles sur le cadran. La vieille femme se retourna brusquement vers la fenêtre. Elle ne parut ni surprise ni effrayée de voir Mathilde, qui s'était tout à fait figée sur le trottoir. La bouche de la vieille n'était qu'un trou plissé, rétrécie sur des gencives sans dents.

Elle se leva avec une lenteur infinie sans quitter Mathilde des yeux, et s'approcha de la croisée. Mathilde bredouilla une excuse au regard cerné, charbonneux, qui se rivait dans le sien. Elle avait déjà fait une vingtaine de mètres quand la fenêtre fut fermée avec violence dans un vacarme de carreaux mal joints.

Elle rentra chez elle sans détour. Elle dîna d'un reste de rôti qu'elle noya sous de la mayonnaise en tube, puis fut prise de nausées qui la laissèrent longtemps sans force au-dessus de la cuvette. Elle traîna des pieds ensuite vers le salon où elle mit un disque. C'était un « greatest hits » des Doors, et elle s'endormit là, au moment où *Roadhouse Blues* se terminait. Depuis quatre jours elle n'avait pas dormi dans son lit, et le lendemain elle se réveillerait encore engourdie comme après une nuit blanche, étonnée de se trouver là, tout habillée, la bouche pâteuse et la tête lourde de migraine.

22

Ce jour-là, la brume ne leur laissa aucune chance de soleil. Aucune clarté ne leur parvint, en dehors de cette pâte qui semblait mêler brouillard et neige. Ils firent de grands feux qui enragèrent en grondant dans l'entonnoir étroit de la cheminée. Ils parlèrent encore de ce qui les opposait, mais sans aucune passion. Ils se contentèrent en fait de superposer leurs monologues. Ils ne prononcèrent pas un mot sur ce qui les réunissait là, dans le froid, la brume, réfugiés dans une cabane que la montagne menaçait d'avaler à tout moment dans sa vaste gueule blanche. Vers midi, ayant trouvé une vieille paire de raquettes, Pierre profita de ce que le brouillard s'était levé à dix mètres au-dessus du sol pour marcher un peu dans la neige. Il surprit un couple de choucas qui s'envolèrent en criant, à quelques mètres de lui, et il resta un long moment immobile à écouter leurs cris indignés se perdre dans les nuages bas. Il revint vers la cabane au bout d'une heure, épuisé par sa randonnée, et but encore de la gnôle, dans un quart, qu'il coupa d'une poignée de neige. Ils déjeunèrent de sardines à l'huile et de raviolis. Pierre but le jus gras qui stagnait au fond des boîtes, en expliquant que les eskimaux résistaient ainsi au froid. Après le café, à l'heure des cigarettes, Emilia rappela que c'était pour ce soir. Elle se mit alors à démonter ses armes : deux pistolets identiques dont elle graissa les mécanismes. Elle actionna des ressorts, des gâchettes, avec une assurance de technicien. Elle vida les chargeurs de leurs projectiles et les garnit de nouveau, lentement, avec un soin extrême. Pierre la regardait agir tout en fumant, et en buvant de leur café infect qu'il saturait de sucre. La femme l'ignora pendant tout le temps où elle s'affaira sur les armes. Il essayait de capter son regard, se râclait la gorge pour qu'elle détourne son visage de sa tâche de plomb, mais en vain.

— On refait un peu de feu pour se réchauffer la couenne, et on y va, dit-elle quand elle eut achevé son bricolage.

Mais le feu hésita autour d'une bûche sans doute humide, tenta de les enfumer, les prit à la gorge en leur arrachant une toux qui les poussa dehors pour reprendre leur souffle, et ils rentrèrent pour l'étouffer, avec rage comme on tue un animal nuisible.

Plus bas dans la vallée, le dégel creusait déjà ses ruisseaux noirs le long de la route où Pierre engagea le 4x4. La nuit venait, étrangement douce, tout autour d'eux. Emilia fumait, et avait entrouvert la vitre qui laissait entrer des bouffées d'air humide dans l'habitacle. Elle demanda à Pierre s'il avait froid, elle posa sur son bras une main qui se voulait rassurante. Sans la regarder, trop occupé à éviter les plaques de neige fondante qui parsemaient encore la chaussée, il répondit qu'il était en sueur. Ils descendirent lentement, d'un chaos l'autre, louvoyant entre les ornières, la petite route qui suivait au plus près ce versant de montagne couvert par la forêt. Ils passaient parfois sous de gros bouquets d'arbres penchés par-dessus des rochers qui s'égouttaient bruyamment sur la carosserie, et l'eau, tassée en flaques sur le pare-brise, tremblotait longtemps avant de couler sur les côtés ou vers le bas de la vitre droite, pourtant presque verticale.

Pierre, avant de quitter la cabane, avait évoqué la possibilité d'un piège. Emilia lui avait répondu doucement, le regardant avec un demi-sourire, qu'il pouvait repartir, rentrer chez lui, que rien ne l'obligeait à rester. Piège ou pas, avait-elle ajouté, c'était terminé. Il ne comprit pas ce qu'elle voulait dire, elle refusa de s'expliquer d'un geste de la main tout en étouffant le feu sous une poignée de neige. Ils ne parlèrent plus de ce sujet, et s'étaient contentés de ranger leurs maigres bagages à l'arrière du véhicule. Emilia s'était occupée des armes; elle avait placé dans les crosses des chargeurs neufs, dissimulé dans ses poches deux grenades quadrillées pendant que Pierre s'affairait à l'intérieur de la cabane. Il donnait un coup de balai rapide, repliait les matelas de mousse dans leurs sacs de plastique, à cause de l'humidité, puis les casa dans de méchants placards installés en hauteur, à l'abri des rats.

À leur gauche, la Nive imposait son caprice à la route. Au détour d'un virage, ils la devinaient, en trouées sombres, qui s'engouffrait sous des ponts de neige. Quand ils traversèrent Esterrençuby, un arbre de Noël illuminé, une maigre guirlande d'ampoules colorées tendue au-dessus de la route, les fenêtres lumineuses d'un restaurant où scintillaient des cheveux d'ange firent s'interroger Pierre sur la date, le 26 ou le 27 décembre. Le 27, supposa Emilia. Le mardi 27, lui confirma sa montre. Comme ils descendaient sur Saint-Jean-Pied-de-Port, la neige devenait plus rare à chaque tournant: elle s'accrochait encore en langues tapies dans les creux, survivante traquée par le redoux, et abandonnait le terrain à l'humidité grisâtre. Saint-Jean pavoisait. Les rues grouillaient de silhouettes rapides découpées net sur les vitrines de fêtes. « Regarde-les », fit Emilia avec ironie. Pierre regarda. Les lumières des autres brillèrent un court instant dans ses yeux.

Plus bas encore, sur la route large au tracé souple, les phares de la voiture ne leur montrèrent rien que du bitume luisant, des virages tachés de blanc, zébrés de marques fluorescentes, des signaux triangulaires qui fuyaient à leur approche pour disparaître derrière eux. Puis à la sortie d'une courbe, ils tressaillirent en même temps : des gyrophares, des feux clignotants perçaient l'obscurité, à deux ou trois cents mètres d'eux. Emilia chercha autour d'elle un chemin par où éviter le barrage, et prit dans sa poche un pistolet qu'elle cala entre ses jambes. Pierre ralentit, prit sa place dans la file de voitures arrêtées. Emilia arma le pistolet.

— Qu'est-ce que tu fais ? demanda Pierre. À quoi ça servira ?

Elle lui ordonna de se taire et d'avancer, puisque la circulation avait repris au pas.

— Ils ont l'air nombreux, observa Pierre.

Emilia se pencha par la vitre baissée, et réintégra rapidement l'intérieur de la voiture en rangeant son pistolet.

— Je préfère ça, dit-elle.

— Quoi ?

— C'est un accident. Il y a un fourgon de gendarmerie et deux ambulances.

— Je te propose de remercier les blessés et les agonisants au passage, au nom de la cause. Qu'en penses-tu ? Ils devraient être sensibles à ce genre de discours, non ? Si c'est bon pour nous c'est bon pour eux, pas vrai ?

Sa voix tremblait. Il baissa sa vitre et inspira profondément l'air chargé d'humidité qui se rua à l'intérieur du véhicule.

— Tu peux descendre pour aider à les évacuer, si tu veux, répliqua Emilia. Tu te feras raccompagner par la flicaille jusqu'à Bayonne. Tu m'excuseras, j'ai pas le temps de t'y déposer.

Ils passèrent tout près des voitures accidentées. Une forme sous une couverture gisait sur la chaussée, à l'écart, comme laissée à l'abandon. Au moment où ils ralentirent encore pour permettre l'arrivée d'un fourgon de secours, un pompier éclaira de sa lampe-torche l'intérieur d'une des voitures dont l'avant n'existait plus : une femme, la tête renversée sur le dossier de son siège, était assise, la bouche ouverte. Du sang avait coulé de son front enfoncé, jusque dans son cou. Emilia détourna les yeux. La file était bloquée, et le pompier continuait de fouiller l'intérieur du véhicule sinistré du faisceau de sa lampe strié de traits de lumière par l'averse qui redoublait. On l'entendit crier « Regardez ! ». Un petit garçon se dressa alors de derrière le siège de la morte, et pressa son visage à la vitre.

Ils redémarrèrent. L'air et la pluie leur giflèrent le visage. Emilia s'était penchée en avant, la figure dans les mains. Elle dit qu'elle ne pouvait pas savoir. Elle demanda quel âge pouvait avoir le petit garçon. Pierre répondit six ou sept ans, il ne savait pas. « Mon Dieu », fit Emilia. Elle se mit à parler d'une voix monocorde. Son fils aurait eu le même âge, à peu près. Mais les coups de pied reçus dans un bureau de la Guardia Civil à Bilbao en avaient décidé autrement. Elle était restée en garde-à-vue quarante-huit heures avec son bébé mort dans le ventre, et les flics, en constatant l'hémorragie, la perte des eaux, la fièvre, avaient décidé de l'évacuer dans un hôpital. La démocratie espagnole ne pouvait se permettre de laisser mourir des gens dans les commissariats, surtout une femme enceinte.

— Ils appellent ça les nouvelles mœurs politiques qui effaceront peu à peu les traces de la dictature. À l'hôpital, ils m'ont enlevé mon petit mort, et un ovaire. Un toubib m'a dit que j'avais de la chance... Il y a un an, on a gardé la fille de Jon, qui venait d'être arrêté par les Français. J'ai passé avec elle l'été à Saint-Jean-de-Luz en attendant que sa mère trouve du travail. Il faisait chaud. On allait se baigner tous les jours, elle était bronzée comme une petite mauresque, et avait tout le temps des fringales de sardines grillées. Tomas venait nous voir de temps en temps, par le train, depuis Madrid. Quand il était là, elle ne le quittait plus. Ils jouaient au foot tous les deux dans le jardin. Un soir, elle s'était endormie dans un hamac, à côté de nous. Et on s'est retrouvés comme deux cons, Tomas et moi. Deux cons de militants qui ne trouvions rien à nous dire. On a commencé à s'embrasser et on a fait l'amour dans l'herbe, là, à quelques mètres de la petite.

— Pourquoi tu me racontes tout ça ?

— Parce que nous non plus, on n'a pas trouvé grand-chose à se dire.

Ils se turent brusquement. Un panneau annonçait Hasparren à cinq kilomètres.

— On va faire le tour du village, dit Emilia. Tu prendras à droite bientôt.

— Et la petite, tu l'as revue ?

— Non. Pilar est venue la chercher à la fin du mois d'août. Elles sont à Barcelone, maintenant. Jon, lui, est à Carabanchel. Il a pris quarante ans de prison.

Ils tournèrent sur un étroit chemin goudronné qui

serpentait entre des murettes de pierre adossées à la terre des champs en pente. Ils ne croisèrent aucun véhicule. Ils traversèrent un quartier du village où de la lumière chaude s'encadra à quelques fenêtres.

— On a dit neuf heures précises, fit Emilia. Il faut attendre.

Pierre gara le 4x4 derrière le fronton, dans un coin sombre encombré de gravats. Quand il eut éteint les feux de position, la nuit se fit si noire que chacun disparut aux yeux de l'autre. Et sans le souffle irrégulier de leurs respirations, ils auraient pu croire que plus personne n'était vivant auprès d'eux.

23

Mathilde avait roulé contre la pluie depuis Bordeaux. Un vent de sud-ouest lui envoyait, par paquets, ses protestations détrempées. Elle avait déplié dès le départ la carte au 1/25000 et l'avait posée sur le siège vide à côté d'elle. Elle y avait encerclé au stylo rouge la zone qui devait être plus ou moins contrôlée par la gendarmerie et les CRS, et avait tracé l'itinéraire de fuite recommandé par l'inspecteur Garcia. De temps en temps, elle posait une main sur le rectangle de papier qui l'accompagnait dans le noir, comme on calme un animal inquiet. Elle fumait des cigarettes, beaucoup, et devait baisser la vitre souvent pour aérer l'habitacle et reprendre contact avec l'atmosphère du dehors. Vers dix-sept heures la nuit était venue sur sa droite, à l'ouest doré puis rougi, entre les nuages lourds d'averses et de bourrasques. Elle roulait à cent trente kilomètres à l'heure, jamais plus, car l'inspecteur l'avait prévenue contre les radars et autres contrôles de vitesse : tout contretemps pourrait compromettre l'opération. Elle avait lu, relu, appris par cœur la liste des villages traversés, des sorties d'autoroutes, les numéros des départementales.

Elle arriva à Hasparren vers vingt heures et se gara devant une boulangerie. La place était luisante de pluie, le sol était taché par les reflets moirés des guirlandes et des lueurs orangées des lampadaires. Par la vitre baissée lui parvenait la rumeur bruissante des participants à la quine. Éclats de voix, applaudissements, rires. Des ondes chaleureuses parcouraient le village, rebondissaient en s'amplifiant sur le fronton. Mathilde regarda sa montre, puis scruta les alentours. Des silhouettes nombreuses entraient et sortaient de l'immense bar violemment éclairé, d'autres titubaient entre les voitures garées un peu partout. Elle alluma encore une cigarette, toussa un peu, mais tira tout de même de longues bouffées, un peu tassée sur le siège, les jambes étendues en diagonale vers la place du passager. Elle ferma les yeux, comme bercée par la rumeur de la vie pas loin, tous ces gens qui riaient. Un chant, soulevé par des voix d'hommes, puissant comme un arbre qui aurait poussé là d'un coup, résonna pendant quelques instants et abolit le clapotement insistant de la pluie. Un éclat de rire énorme le conclut en secouant le silence qui l'avait accueilli. Mathilde avait entendu un de ces chants lors d'une fête, un jour, à Saint-Étienne de Baïgorry, peut-être. Elle se redressa et éteignit sa cigarette en la jetant dans une flaque d'eau où elle grésilla.

Un moteur de voiture s'emballait quelque part dans la rue.

Angel Matanzas attendait. Depuis trois jours, il n'avait fait que cela. Il avait profité de son oisiveté pour marcher sur la route, le plus loin possible, grâce à de solides chaussures et un bâton prêtés par son hôtesse. Il suivait les traces du 4x4, uniques, nettes, prometteuses. Le trafic sur cette route était nul. On aurait pu croire que plus rien n'existait au-delà du village, aucune ferme, aucun foyer. L'hôtesse lui apprit pourtant qu'une dizaine de fermes étaient installées plus loin, mais qu'avec ce temps on préférait là-bas puiser dans les réserves et ne pas se hasarder au ravitaillement, quitte parfois à fabriquer son pain soi-même. « On les verra redescendre avec la pluie, ajouta-t-elle. Ils viendront dire un petit bonjour, boire quelque chose avant d'aller faire leurs courses. Ce sont des gens rudes, vous savez. »

Il avait donc suivi ses proies jusqu'à Hasparren sans aucune difficulté. Il avait garé sa voiture à proximité du bar-trinquet d'où provenaient une lumière chaleureuse, des clameurs, des applaudissements. Il regardait entrer et sortir les joueurs du loto annoncé par des affiches, signalé par des frises électriques courant sur la façade de l'établissement.

Au bout d'une demi-heure le 4x4 sortit du noir, ses feux de position éteints : la femme en descendit, chaudement vêtue, les mains dans les poches, et marcha vivement sous la pluie. Matanzas arma l'automatique, s'assura de la présence de l'Ingram à côté de lui, sur le siège. Il allait descendre quand la nuit se mit à bouger de toutes parts, percée de cris. Il se tassa au fond de son siège, et referma prudemment la portière sur le chant grave et puissant qui s'était engouffré avec la pluie et le vent dans l'habitacle.

— Les voilà, signala le commissaire Vincent. Ils viennent de traverser Bouloc. C'est parti.

À bord du command-car, Marquet ricana en silence.

— Comme en 14, debout les morts ! fit-il.

— Les gendarmes ont remarqué un véhicule suspect garé près du fronton, d'où personne n'est descendu. Une BMW grise.

— Matanzas ! s'écria Garcia. Arrêtez tout !

— Y a trop de monde sur la place pour aller la contrôler, fit une voix. Putain, vous les entendez chanter ?

— Qui fait ce genre de remarque ? demanda le commissaire Vincent.

— Capitaine Pouchou à l'écoute, commissaire. Vous les entendez ?

— Pensez plutôt que parmi ces gueulards se trouve la relève de ceux que nous allons neutraliser ce soir. Ça vous rendra moins admiratif.

— Il faut tout annuler ! répéta Garcia. Donnez-en l'ordre, ajouta-t-il en tendant la main vers le téléphone que tenait Marquet.

— Calmez-vous, fit le commissaire. On ne peut plus reculer. Et puis vous devriez être content. On va peut-être le prendre lui aussi. J'aimerais savoir si la femme Calmon est là...

— Elle y est sûrement. Elle m'a donné sa parole. C'est une fille bien.

Le regard du commissaire se posa sur lui dans l'obscurité.

— Vous avez deux gros défauts, pour un flic : vous êtes impulsif et sentimental.

Garcia ne répondit pas.

— Contact visuel, dit un gendarme. La femme approche de chez le toubib.

Suivirent des ordres brefs, plus ou moins codés, débités dans un langage opérationnel dont les termes étaient relayés par des voix toutes semblables, métallisées et brutales.

Pierre démarra et plaça le 4x4 à l'entrée de la rue où se trouvait le cabinet du médecin. Des voitures étaient garées de chaque côté, à cheval sur les trottoirs. Il montra d'un mouvement de menton le bar d'où sourdait une rumeur étouffée.

— Une quine, commenta-t-il. On serait mieux là-bas.

Emilia prit son pistolet et engagea une balle dans le canon.

— Arrête de dire des conneries. Demain tu seras chez toi.

Elle s'éloigna rapidement, presque fluette malgré la grosse veste matelassée. Elle devait marcher au milieu de la chaussée à cause des voitures montées sur les trottoirs. Un klaxon, juste derrière, s'était bloqué. D'un bond instinctif, Emilia s'était mise à couvert entre deux voitures, le pistolet tenu à deux mains. Pierre embraya. La première craqua, son pied hésitait sur la pédale d'accélérateur. Un voiture approchait, traversant lentement la place du fronton, le klaxon toujours en action, puis vint s'arrêter à la hauteur du 4x4. Mathilde cria par la vitre baissée, à travers le crépitement de la pluie, qu'il devait venir, là, tout de suite. Emilia, plus loin, regardait sans comprendre, braquant son arme sur cette voiture inconnue puis sur le vide de la rue, la pluie, le ciel et les toits, comme si soudain tout la menaçait. D'une porte jaillirent deux silhouettes cagoulées qui se jetèrent à plat ventre dans l'eau avec des cris étouffés, et tout s'arrêta pendant d'infinies fractions de seconde. Emilia regarda le 4x4, et hasarda son pistolet vers les deux hommes allongés au sol absolument immobiles. La pluie s'effondrait là-dessus et s'arrondissait en halos dans la lueur des lampadaires disséminés sur les façades, puis un projecteur noya tout dans une blancheur déchirante. On vit mieux la tache pâle des yeux exorbités aux trous des cagoules; les armes prirent un éclat soudain, inattendu et implacable. Emilia avança, se tourna encore vers Pierre, les yeux à demi-fermés par la pluie. Ses longs cils brillants d'eau battaient follement. La pluie dégouttait de son nez, de son menton, sans qu'elle secouât la tête pour se défaire de ce chapelet scintillant que le vent égrenait autour d'elle. On aurait pu penser qu'à cet instant elle pleurait, car son souffle saccadé gonflait sa poitrine comme une série de sanglots et animait ses lèvres d'une moue d'enfant contrariée prête à tout. Elle se retourna vers les gendarmes, elle chancelait presque parce qu'à cet endroit la chaussée était creusée d'ornières et bombée de plaques de macadam mal jointes. Elle semblait danser, poupée saoule, elle cria quelque chose en Basque. Un des gendarmes lui demanda de poser son arme, de se rendre sans faire d'histoire. Emilia se jeta entre deux voitures et ouvrit le feu. Un des gendarmes hurla, pendant que l'autre ripostait en roulant sur lui-même. Des pare-brise explosèrent, un radiateur creva dans un souffle de vapeur.

Pierre ouvrit sa portière. Il tenait une arme à la main, qu'il brandissait en direction des ombres qui progressaient le long des murs vers le corps d'Emilia. Quelqu'un donna l'ordre de ne pas tirer. Mathilde criait à l'homme de venir, que tout était fini, qu'il fallait rester vivant. Il fit le tour de la voiture que pilotait Mathilde, puis plongea tête première sur le siège arrière dont le skaï froid s'effondra sous son poids. Le véhicule s'arracha dans un aboiement de moteur et les pneus patinèrent dans l'eau. Le coin de la rue était tout près, une portière s'y frotta et laissa de son vernis. Mathilde ne déclencha les essuie-glaces qu'une fois qu'ils furent sortis du village parce que la nuit détrempée se collait au pare-brise comme une poisse.

Angel Matanzas démarra derrière eux au même moment. Des gendarmes regardèrent passer les deux voitures folles sans même braquer leurs armes, visiblement paralysés par des ordres confus. Certains se plaquèrent contre les murs ou dans des encoignures, avalés par l'ombre. Il dévala la route étroite, cassée de virages, en faisant gueuler les pneus. Il poussait des cris, il tapait du plat de la main sur le volant, les yeux rivés au noir total où parfois apparaissaient les feux de la voiture de Mathilde. Tu l'as laissée mourir, répétait-il. Je vais t'ouvrir en deux, menaçait-il en essuyant la sueur qui coulait sur sa figure.

Des hommes armés coururent vers le cadavre recroquevillé au pied d'un mur que l'averse s'appliquait déjà à laver des projections sanglantes. Un gendarme blessé fut rejoint par un de ses collègues pendant que la porte du médecin s'ouvrait à la volée et qu'on traînait dehors Tomas comme une marionnette désarticulée. Le médecin suivait, les mains sur la tête, le canon d'un fusil d'assaut dans le dos. Les éclairs froids des gyrophares avaient envahi les rues, débordaient sur les places, giflaient les maisons de revers blafards. La foule était sortie du bar, laissant les cartons pleins, les bourriches et les lots de confits et de foie gras. Les cheveux se plaquaient aux crânes penchés vers la morte que personne n'avait encore recouverte. Le corps, étrangement affalé, jambes écartées, bras en croix, la bouche ouverte sur l'épaule, semblait vouloir s'étendre dans toutes les directions. Des véhicules s'éloignèrent lentement, d'autres continuaient d'arriver et déversaient des hommes casqués, armés de fusils qui s'attroupèrent face à la foule.

Alors le chant s'éleva de nouveau. D'abord sourd, comme le piétinement des spectateurs que le vent bousculait. Puis il s'enfla, imposant et carré dans la rue étroite, et les policiers firent reculer la foule jusqu'à la place, pas à pas, où elle resta longtemps, le chant brisé par le ferraillement des haut-parleurs qui lui ordonnaient de se disperser.

24

La pluie se jetait sur eux. Tout en conduisant, Mathilde observait Pierre. Il la considéra avec indifférence, caressant le canon du pistolet d'un geste machinal.

— Pourquoi tu es venue ?

— Pour vous sauver la vie.

Il rit méchamment.

— C'est réussi. Emilia est morte. Tu le sais, ça ? Tu as entendu les coups de feu ? Ils ont dû tirer sur son cadavre. Et toi, tu te ramènes la bouche en cœur !

— Ils voulaient vous tuer. Mais les flics de Bordeaux m'ont proposé de faire foirer le piège en intervenant pour vous récupérer sains et saufs. Vous deviez vous rendre honorablement à Bordeaux.

— Comment t'as dit, là ? Honorablement ? J'aime beaucoup ton sens de l'humour. Je ne vois pas ce que l'honneur vient foutre là-dedans. Toutes les redditions sont honteuses.

— Mais toi tu es vivant !

— La belle affaire ! Ma femme se laisse manipuler par les flics, me propose de me livrer à genoux en oubliant derrière elle un cadavre, et elle affirme, des sanglots dans la voix, que je suis vivant ! Vraiment très drôle ! C'est une comédie, que tu répètes en ce moment, ou quoi ?

— Moi aussi, je suis vivante, murmura-t-elle. Je suis là pour qu'on vive encore !

Elle écarquilla les yeux pour conjurer les larmes.

— Dis-toi bien qu'après tout ça je n'existe plus, fit Pierre.

Il se tourna vers elle, empoignant derrière son cou le haut du siège qu'il secoua tout en parlant.

— Tu vis dans quel monde, Mathilde ? Ils me mettront en prison pour au moins dix ans et j'aurai cinquante balais lorsque j'en sortirai, si je suis pas crevé avant. Que veux-tu qu'on fasse, après tout ce temps ? Des enfants ? Des voyages ? Complètement bouffés par l'attente, par l'âge qui viendra, par l'amertume ? Tu crois que je vais me laisser emprisonner comme ça, gentiment, attends-moi ma petite femme, je reviens ? Jamais, tu m'entends ?

Il saisit brusquement le volant et le tourna à droite pour engager la voiture vers une aire de repos déserte battue par une averse opaque. Il descendit de voiture dès qu'ils furent arrêtés. Elle l'appela, sortit à son tour, courut jusqu'à lui qui marchait droit devant. Elle l'attrapa par l'épaule et le fit pivoter, le gifla à la volée, deux, trois fois, lui martela la poitrine à coups de poing, tenta de le secouer par les revers de sa canadienne. Le claquement de la culasse la fit reculer. Il brandit l'automatique d'un geste convulsif, jetant son regard de toutes parts. Ils restèrent ainsi face à face, incapables d'annuler la distance qui les séparait. Puis ils se propulsèrent de tout leur poids l'un vers l'autre et roulèrent au sol, leurs ventres se pressèrent encore une fois. Les cheveux de Mathilde envahissaient la bouche de Pierre comme un étouffement brun et mouillé. Le souffle de la femme se coupa, net tranché par un coup de crosse dans les côtes. Elle hurla son prénom en roulant sur le dos, les membres écartelés, comme un gros insecte moribond. Elle s'accrocha au bras qui tenait l'arme, essaya d'arracher cet acier, criant à chaque inspiration contre la suffocation. Elle frappa, elle aussi, couchée sous lui qui tentait d'amortir les coups qu'elle portait en la tenant enlacée. Elle rua du poing contre son dos, donna de la tête sur sa poitrine, silencieuse soudain, dents serrées, alors qu'il criait calme-toi, calme-toi, si bien qu'il dut la lâcher, qu'il recula en s'essuyant le visage de la pluie qui le submergeait, et que pantelante elle se remit à marcher sur lui, à le charger tête baissée.

Le coup de feu les souleva du sol tous les deux, Pierre lâcha l'arme qui fumait, et Mathilde retomba en tournoyant, sans un cri. Ses mains se refermèrent sur son genou fracassé. Elle déchira la toile trouée pour en extirper la douleur qui la fit hurler en même temps que des phares aveuglants se plantaient dans ses yeux.

Un autre homme était là, armé d'une sorte de pistolet mitrailleur compact qu'il tenait en l'air, appuyé contre l'épaule. Il souriait en regardant Mathilde. Pierre avait reculé, et cherchait des yeux son arme, l'air hagard.

— T'as voulu la tuer? demanda l'homme. Tu as laissé l'autre mourir.

Pierre recula encore en lui criant de ne pas la toucher.

— Elle est déjà touchée. Mais si t'insistes...

Il s'approcha de Mathilde et frappa de la pointe du pied, sèchement, son genou blessé. Le hurlement qu'elle poussa parut l'étonner, et il se baissa vers elle avec curiosité. Il la prit par les cheveux et approcha du sien le visage grimaçant.

— Elle a mal, observa-t-il en la repoussant.

Il tira sur Pierre qui marchait vers lui. Une seule balle qui le fit se recroqueviller sur lui-même. Il glissa l'arme dans sa ceinture et s'approcha du blessé.

— Regarde ! hurla Matanzas en montrant à Mathilde un couteau.

Il plongea la lame entre les jambes de Pierre, fouilla jusqu'à ce que son poing se couvre de sang. Mathilde criait des choses inarticulées puis vomit, couchée sur le côté, la figure dans l'eau. Le tueur se releva et tira Pierre par une jambe pour le placer sous la roue du 4x4. Le blessé gémissait doucement, d'une petite voix, sans se débattre ; il parcourait de ses mains son corps douloureux. Matanzas mit le moteur en marche et fit avancer le véhicule imperceptiblement de façon à rouler sur un bras. Pierre tressaillit sans un cri. Mathilde rampa vers lui. Elle tendit la main, rencontra des doigts qui se serrèrent sur les siens. Elle l'appela. La pluie tombait si fort que sa voix fut noyée. Elle progressa encore vers lui. Le 4x4 recula, libéra le bras écrasé. La silhouette de Pierre se découpa au ras du sol dans la lumière jaune des phares, immobile complètement, et la pluie crépitait sur lui comme pour le dissoudre à force de petits coups innombrables. Matanzas revint. Ses jambes se campèrent dans le faisceau lumineux, ses pieds frappèrent encore Pierre qui ne réagit pas. Puis il souleva le corps et fit lâcher prise aux mains qui se tenaient toujours, et le traîna jusqu'à sa voiture. Pierre hurla quand l'autre le hissa à l'intérieur. Les portières claquèrent, le moteur gronda. Le déplacement d'air frôla Mathilde qui s'était affaissée. Elle trouva sous sa main le pistolet et tourna le canon vers son visage en regardant s'éloigner la voiture. Elle tenta d'appuyer sur la détente, mais l'acier résista. Elle s'évanouit en hoquetant sous le regard creux de l'arme.

25

L'ambulance qui emportait Mathilde Calmon était partie depuis plus d'une heure lorsque le commissaire Marquet et l'inspecteur Garcia arrivèrent sur l'aire de repos. Ils trouvèrent, dans une demi-douzaine de véhicules dont les phares restés allumés s'efforçaient de vaincre la nuit, des hommes en train d'établir leurs rapports, ou de boire du café à l'abri de la pluie. La plupart des relevés et des constats étaient terminés, et le déluge qui submergeait la région avait depuis longtemps lessivé les empreintes, les taches de sang et autres indices. Le commissaire dédaigna d'examiner les douilles de 9mm que lui tendait un policier montois, et demanda si des barrages avaient été installés pour coincer Matanzas. On lui répondit que le plan Épervier avait été déclenché, que le tueur et son otage avaient peu de chance de passer au travers. Le commissaire eut un sourire dubitatif qu'un officier de gendarmerie interpréta comme de la défiance. S'ensuivit une courte polémique où Marquet eut le dernier mot en invoquant la collaboration parfaite du SRPJ avec le GIGN. Comme il pleuvait beaucoup trop pour se mouiller davantage en de vaines disputes, le commissaire prit congé et entraîna Garcia vers leur voiture. Il était à peu près deux heures du matin, et Marquet parla de fatigue et de courbatures, évoqua l'attrait puissant qu'exercerait sur lui un bon lit s'il s'en présentait un, par exemple dans un petit hôtel des environs. Il regarda autour de lui l'obscurité où bougeaient les pins agités par le vent, et déclara avec mépris qu'hélas il devait se trouver davantage d'hôtels en plein Sahara.

Garcia ne disait rien. Il fixait le sol d'un air abasourdi, laissant la pluie tomber sur lui, ruisseler sur sa figure au point de lui fermer parfois les yeux, sans un geste pour s'essuyer.

— À cause de vous, dit-il sans regarder le commissaire. Tout ce gâchis.

Marquet lui conseilla de monter en voiture pour se mettre à l'abri.

— Le déluge vous ramollit le cerveau. Vous vouliez votre psychopathe, vous l'aurez pour vous tout seul. Vous savez désormais qu'il est encore dans la région. Il reviendra à Bordeaux se faire poisser dès qu'on aura monté notre histoire auprès des journalistes. Une brillante carrière s'ouvrira devant vous. Alors, pourquoi vous pleurnichez ? Ne me dites pas que cela vous laisse indifférent.

Le commissaire proposa de conduire jusqu'à Bordeaux, puisque son subordonné se sentait si déprimé. Garcia lui tendit aussitôt les clés de la voiture et s'endormit cinq minutes plus tard à cent quarante kilomètres à l'heure. L'entrée dans Bordeaux, au bout d'une grosse heure, le réveilla. Il fit jouer les articulations de ses épaules et de son cou, en grimaçant, les yeux clos. Il regarda ensuite les façades des maisons, les rues désertes, avec un étonnement de touriste en pays exotique. Ils arrivèrent bientôt dans le parking du commissariat central, où régnait un silence à peu près total.

Comme Garcia allait descendre de voiture, avec des mouvements encore lourds de fatigue, le commissaire le retint par la manche.

— Ne dormez pas trop. Ça va être à vous.

— Foutez-moi la paix. Je suis fatigué.

— D'ici trois jours, Matanzas sera de retour à Bordeaux. Je vous l'ai promis.

Garcia leva les yeux vers lui.

— Matanzas, dit-il d'un air absent. J'ai accepté de participer à toute cette merde à cause de lui...

Il se tut brusquement, sembla réfléchir.

— Je vais aller dormir. On fait des cachets très efficaces, maintenant, pour écrabouiller les cauchemars et la mauvaise conscience.

Il s'éloigna d'un pas traînant.

— Vous êtes un couillon, Garcia, dit le commissaire. Un pauvre type ! Je le savais !

Un haussement d'épaules lui répondit. Il regarda l'inspecteur disparaître dans la pâleur bleue de la rue, puis donna un coup de pied dans une roue de la voiture.

— Couillon, répéta-t-il à voix basse.

26

Angel Matanzas roula plus d'une heure avec le 4x4, emprunta des pistes forestières, des pare-feu, manqua s'enliser deux fois dans des mares sableuses que la pluie transformait en pièges mouvants. Aussi se perdit-il. Il n'avait plus aucune notion de l'endroit où il se trouvait lorsqu'il décida de sortir le corps de Pierre du véhicule pour le traîner sur une bonne centaine de mètres, malgré l'effort que cela représentait sur un sol spongieux, au milieu d'un enchevêtrement d'ajoncs et de bruyères que seuls quelques chevreuils devaient parcourir. Là, il vida le chargeur de l'Ingram dans le corps de Pierre, s'acharnant sur la tête et le haut du buste qui cessèrent d'exister assez vite. Il injuria ensuite le cadavre, lui reprochant, dans un langage ordurier et avec des arguments obscurs, d'avoir sacrifié Emilia Ochoa, de la lui avoir prise. Puis, avec la pelle du 4x4, il l'enterra à plus d'un mètre de profondeur, tassa longuement le sable, reconstitua du mieux qu'il put la couche superficielle de mousse et d'aiguilles de pins. Il prit soin ensuite, à la lueur d'une lampe, de récupérer le maximum de douilles éjectées par le pistolet. Elles n'avaient pas rebondi, et il dut en oublier quatre ou cinq, guère plus.

Il lui fallut du temps, ensuite, presque au petit matin, pour s'orienter, récupérer une route goudronnée, parvenir à un village, le situer sur la carte et reprendre la route du sud. Il abandonna le 4x4 à Saint-Vincent-de-Tyrosse, avec ses papiers à l'intérieur, ne gardant sur lui qu'un passeport espagnol au nom de Paco Carvalho, et prit le bus jusqu'à Bayonne. Il laissa à la gare ses armes dans un coffre de consigne et jeta les clés, prit le train de Madrid, un Talgo où il put franchir, somnolent, seul dans le compartiment, la frontière sans encombre.

Vers midi il fut à Madrid, en gare d'Atocha, il s'y attarda au buffet devant un chocolat chaud et des churros avant de se perdre dans la foule compressée d'un wagon de métro où il mêla sa mauvaise haleine, son humeur massacrante à celles des autres.

On ne retrouva jamais le corps de Pierre Calmon, malgré les battues entreprises par la gendarmerie. On pensa que le ravisseur l'avait conduit dans la Haute-Lande du côté de Mont-de-Marsan, mais la pluie qui tomba pendant plus de huit jours sans discontinuer tassa le sable, effaça les traces, noya les odeurs que les chiens auraient pu suivre. L'abandon du 4x4 ne simplifia pas la tâche des enquêteurs, et les recherches furent abandonnées au bout d'une semaine. La presse s'était émue de l'horreur de cette situation, dans les quelques jours qui suivirent la disparition de Pierre. Mais des armadas, des multitudes casquées s'amassaient autour des champs de pétrole, et l'on continua d'ergoter, de spéculer sur les risques de guerre, les modalités du carnage, puis on montra les explosions, les bombardements, on se rassura dans l'abstraction vidéo et la précision formidable des lasers, les journalistes saluaient au garde-à-vous.

On soigna Mathilde Calmon. Un chirurgien adroit parvint à réparer le genou que la balle avait fracassé, en recourant à divers matériaux composites, plastiques et autres synthétiques compatibles avec la chair vivante qui tinrent lieu de rotule et de tendons. Dès qu'elle fut transportable, on la transféra dans un hôpital pénitenciaire de la région parisienne. Elle comparut devant un juge d'instruction spécialisé dans les affaires de terrorisme, menottée à son fauteuil roulant. Comme elle demeurait pratiquement muette depuis la nuit où Matanzas avait enlevé Pierre, et qu'en conséquence elle ne formula aucun vœu quant à sa défense, on commit d'office une jeune avocate, belle, volubile et à peu près incompétente qui ne put s'empêcher d'éprouver une certaine sympathie pour cette cliente triste et boiteuse. Mathilde fut inculpée de participation à bande armée, et placée en détention provisoire au quartier des femmes de Fleury-Mérogis. En attendant le procès, elle apprit à lire à une infanticide qui avait noyé ses jumeaux dans une baignoire après que leur géniteur l'eut abandonnée. Ce fut le seul contact réel avec une personne que Mathilde établit durant cette période. Le reste du temps, elle lisait les quelques livres que l'avocate lui faisait passer: elle découvrit Paul Auster, relut Huysmans, apprit par cœur des poèmes de René Char. Et comme Paris est loin de Bordeaux, les amis, découragés par la distance et les tracasseries de l'administration pénitenciaire, espacèrent leurs visites, s'efforcèrent de maintenir un contact épistolaire attentif et chaleureux qui finit lui aussi, en une dizaine de mois, faute de réponses régulières, par s'épuiser comme un coureur de fond velléitaire. Mathilde survécut, probablement parce qu'il n'y avait rien d'autre à faire alors.

L'année suivante, le procès s'ouvrit devant la Cour d'Assises de Paris. Mathilde tenta de dénoncer la manipulation à laquelle s'était livré le commissaire Marquet, mais elle ne fut pas en mesure d'apporter la moindre preuve à ce qu'elle avançait. Le commissaire Marquet vint à la barre démontrer la nécessité d'une lutte impitoyable contre le terrorisme. La réussite de l'opération d'Hasparren fut soulignée par tous les policiers qui défilèrent à la barre. Le témoignage de l'inspecteur Garcia, qui venait de démissionner de la police, aurait pu être interprété comme une note discordante dans le triomphalisme ambiant. Mais l'amertume du policier, sa morgue à l'égard de ses supérieurs hiérarchiques, son insistance à considérer le cas Matanzas comme un des éléments essentiels de l'affaire le firent passer pour un être déprimé et obsessionnel qui cherchait à régler des contentieux personnels, et qui avait bien fait de quitter la police. Le président soupçonna donc Mathilde de vouloir dénigrer les forces de l'ordre pour dédouaner ainsi les groupes armés qui se livraient au terrorisme, et lui déclara que ce système de défense était particulièrement maladroit. Tomas Etchebar, à ses côtés dans le box des accusés, n'eut à son égard que des attitudes ou des propos dédaigneux censés distinguer le combattant basque de la petite bourgeoise romantique égarée dans une lutte qui ne serait jamais la sienne. Il revendiqua la colère de la justice française, qui n'était selon lui que l'expression du désarroi de l'État français. Au quatrième jour de débats, il ne s'exprima plus qu'en basque en de longues déclarations qu'il lisait au micro malgré les interruptions et les avertissements du président. Il fut condamné à dix ans de réclusion criminelle pour le meurtre du gendarme de Biarritz. Mathilde, pour sa part, écopa de trois ans de prison et s'évanouit à l'annonce du verdict au pied d'un garde mobile qui ne sut trop quoi faire de ce corps pantelant qu'on évacua non sans l'avoir équipé à nouveau des menottes.

27

Mathilde a quitté d'un coup les façades ravalées du Bordeaux XIIIème, la symétrie écrasante de la place de la Bourse, les murailles austères de l'Entrepôt Lainé sans un regard, seulement occupée à enfoncer correctement la pédale d'embrayage à cause de la raideur de ce genou qu'elle croit toujours sur le point de se rompre. Elle entre brutalement dans la grisaille du port abandonné, le long des hangars vides couchés au bord du fleuve comme des noyés. Elle ignore les bars louches, les anciens troquets à marins ou à dockers transformés en magasins de matériel informatique ou en restaurants. Puis elle arrive à Bacalan, l'extrême nord de la ville ; la voiture bondit en franchissant le pont tournant qui enjambe l'entrée des bassins à flots. La rue Achard cache derrière ses murs des fantômes d'usines. On y clame encore NON A DE GAULLE à deux pas d'un poste de police qui surveille le coin d'une rue. Le temps n'a rien pu contre cela non plus. Elle fonce toujours tout droit vers le nord, jette un coup d'œil à un mur de béton à loyer modéré troué méthodiquement de fenêtres réglementaires, ralentit dans une rue plus étroite qui file vers le viaduc du Pont d'Aquitaine.

Le Médoc, c'est juste après, quand la ville s'est perdue dans une zone d'entrepôts coincée contre la Garonne.

Le fleuve dicte sa loi au paysage en l'obligeant à la tenir serrée par des talus hérissés de peupliers. Le Médoc, ça commence sans vigne par un no man's land inculte de fermes abandonnées récupérées par des ferrailleurs, au bout de chemins inondés à longueur d'hiver. On est loin des grands crus et des châteaux aux volets blancs, fardés de parterres fleuris.

Longtemps, la route tergiverse entre champs boueux et friches grises, fonce en lignes droites ou s'incurve en virages sournois. Longtemps, Mathilde pousse à fond la vieille Peugeot avant d'atteindre la route des châteaux où se succèdent les publicités prestigieuses.

Elle gare la voiture le long d'une vigne recroquevillée sous le ciel gris. La terre détrempée souffle en silence des odeurs âcres de sable et de glaise. Plus loin, une maison. Derrière, le mur moutonnant d'un bois vient rompre la monotonie des rangs de vigne. Une heure elle reste là. La maison est massive, les volets bordeaux maquillent la façade de vieille pierre. Une main les ouvre, une silhouette floue s'inscrit pendant quelques secondes dans l'encadrement de la fenêtre. Mathilde tressaille, rejette ses cheveux derrière elle, y passe une main inutile. Un bras de chemise disparaît derrière la vitre, plus rien n'existe dès que le rideau est tiré.

Dans le coffre, enveloppé dans une couverture, le fusil attend.

Vers midi, elle pousse jusqu'à Pauillac. Elle mange, et boit, dans un restaurant sur le port où rient des gens, une femme surtout, qui se ressert du vin. Tassée contre la vitre, Mathilde a écarté de la main un petit rideau de coton pour mieux voir le balancement des mâts. Puis elle a marché sous la pluie. Il n'y avait personne sur les pontons. Les gréements cliquetaient doucement, l'eau lourde de limon s'entêtait contre les coques.

De retour devant la maison, elle arrête la voiture un peu à l'écart, dans un chemin bordé de chênes, et elle marche, encore, pendant deux cents mètres, revient sur la route qu'elle parcourt jusqu'aux premières maisons du petit bourg où rougeoie au loin l'enseigne d'un bureau de tabac. Comme elle revient sur ses pas, elle se met à pleurer, secouée par des sanglots bruyants. Elle se jette dans la voiture, se blottit dans l'épaisse canadienne trop grande pour elle.

À présent, les yeux secs, alors que la nuit tombe, elle ouvre le coffre et prend le fusil qu'elle charge sans difficulté. Elle a tellement répété ce geste, les jours précédents, qu'elle pourrait opérer les yeux fermés. Dans ses poches elle entasse une dizaine de cartouches. Pendant qu'elle se dirige vers la maison, la pluie revient, hargneuse, et Mathilde se courbe sous les coups du vent. Le portail de bois s'ouvre en silence sur un petit parc et la nuit tombe à ce moment-là. Tout disparaît, sauf les deux fenêtres du rez-de-chaussée; l'une éclairée de néon cru, l'autre chaude d'une lumière tamisée.

Le carillon lourd et profond évoque Big Ben. Une paire de savates traîne de l'autre côté de la porte, le plancher craque sous un pas pesant. Puis le visage apparaît, examinant sans surprise l'arme dressée vers lui. C'est un visage épais et las, durci par le regard pointu qui par coups rapides se perd dans la nuit, derrière Mathilde.

— Allons bon, fait l'ancien commissaire Marquet.

Mathilde lui fait signe de reculer dans le couloir.

— Qu'est-ce que vous voulez? demande Marquet.

— Vous tuer, prononce Mathilde dans un souffle.

L'ancien policier plisse le front avec étonnement.

— Vous pensez bien que je ne suis pas d'accord, dit-il à mi-voix. Même si depuis la mort de ma femme je…

C'est même tout à fait inacceptable, reprend-il plus haut. Vous savez, c'est Noël. Soir de liesse. C'est la trêve partout dans le monde. Je vais vous donner un peu d'argent et vous rentrerez chez vous boire à ma santé, ou à la vôtre, comme vous voudrez. Je vous aurais bien invitée à prendre quelque chose, mais je dois aller réveillonner chez ma fille.

— Je me fous de votre argent. Je vais vous tuer.

Mathilde secoue ses cheveux mouillés. Quelques mèches restent collées sur son visage.

Marquet sourit d'un air résigné. Il jette un coup d'œil sur sa droite, par une large porte ouverte.

— Eh bien faites-le, et cessez d'en parler. Ça s'appelle le passage à l'acte. À moins que vous ne vouliez qu'on en discute toute la nuit. Mais, je vous le répète, mon petit-fils m'attend, et il ne comprendrait pas que je sois en retard.

La décharge part bien groupée et déchiquette l'épaule. Marquet percute le mur derrière lui mais reste debout, titubant comme une statue qui marche. Il a porté une main fébrile à sa blessure ; il est déjà livide. Du sang a giclé sur la tapisserie aux motifs compliqués et vieillots.

— Qui êtes-vous ? interroge-t-il d'une voix éraillée par la douleur.

Il fait un pas vers la femme. Il boitille, à cause de la savate qu'il a perdue. Ses vêtements, sur le côté droit, luisent de sang.

— Je l'ai perdu pour toujours, articule Mathilde. J'ai vu cet homme le poignarder, du sang plein les mains, et rouler sur lui avec la voiture ! J'ai entendu les os craquer, et puis ce hurlement que Pierre a poussé quand il l'a emporté ! Je l'ai vu emporté par cet homme qui le traînait, il était encore vivant et c'était mon amour, vous comprenez? J'étais allée le chercher pour qu'on soit ensemble et tous les soirs je me serais couchée sur lui pour qu'il ait chaud, il aurait oublié, avec le temps... Je lui aurais fait un petit, un tout petit garçon et on serait partis au soleil jouer tous les trois... Parce qu'il ne serait pas allé en prison, oh non! ... J'aurais tout dit, tout dit de vos affaires et on me l'aurait rendu souriant et mal rasé, il m'aurait râpé les joues en m'embrassant!

Mathilde s'interrompt. Ses yeux brillent, elle sourit, illuminée par les mots qu'elle prononce. Elle relève le canon du fusil, parce que le policier a encore fait un pas vers elle.

Quand elle s'était réveillée de son évanouissement, une femme se penchait sur elle et lui tenait la tête. Son visage était tout près de celui de Mathilde et lui souriait en lui disant que ça allait mieux, que c'était fini. Des lumières bougeaient autour d'elle, des pas se pressaient en piétinant dans les flaques d'eau. On l'avait ensuite portée dans l'ambulance dont l'éclairage l'avait obligée à fermer les yeux. Elle avait demandé Pierre, on lui fit répéter le prénom, on prétendit qu'il allait bien, qu'il allait revenir. Un homme avait découpé le pantalon pour nettoyer le trou noir qui creusait le genou, et avait murmuré « C'est pas bien beau ». Comme elle essayait de lever la tête vers lui, il lui avait conseillé doucement de rester tranquille, de ne pas s'inquiéter. Plus tard, l'ambulance avait roulé longtemps, la sirène retentissait, lointaine et obsédante. Quelqu'un lui tenait la main, lui caressait le front et lui répétait que tout allait bien, que tout allait bien.

— Au lieu de ça, je l'entends crier toutes les nuits, le couteau plonge encore et encore dans son ventre! Il se relève et court vers moi avec son beau sourire, mais on me le tue toutes les nuits et je n'ai plus que sa douleur avec moi, je ne sais même pas où il est, vous l'avez laissé pourrir ! Voilà ce qui me reste de lui !

Elle tire sur sa canadienne d'un poing crispé.

— Vous allez me dire où il est avant de mourir vous aussi. Vous aurez droit à votre trou, rassurez-vous. Et à des fleurs. Vos semblables sauront où venir pleurer votre charogne.

Elle se tait pour reprendre son souffle et affermit la tenue du fusil entre ses mains.

— Les renards ont dû le manger, continue-t-elle. C'est plein de renards, les Landes. Peut-être aussi des chiens errants. Ils l'ont déterré, l'ont traîné par morceaux hors du trou, vous voyez ça, n'est-ce pas ? Mais il doit rester quelque chose de lui, les animaux n'ont pas pu le dévorer tout entier ! Dites-moi où il est !

Le commissaire, qui s'était affaissé depuis un moment et gisait, adossé au pied du mur, sursaute à son hurlement.

Mathilde halète, les yeux ronds, secs.

— Vous êtes cette femme ! Vous êtes folle !

Elle s'agenouille auprès de lui et appuie le canon du fusil contre son cou.

— Oui ! Vous avez laissé cet homme nous rattraper, et maintenant c'est moi qui vous rattrape !

Un rire bref la secoue, comme une toux.

Marquet tente de reculer le long du mur, son bras valide devant lui pour se protéger.

— Je ne pouvais pas penser que... Je vous jure ! On a tout fait pour l'arrêter à temps, mais il avait disparu, comme par enchantement ! À quoi cela vous servira-t-il de me tuer ?

Il se tasse davantage contre le mur.

— Vous allez mourir, pensez-y bien ! crie Mathilde. Pierre est mort lentement, lui !

— C'est idiot, dit Marquet. C'est ridicule, vraiment !

Il essaie de hausser le ton, mais sa voix se brise par manque de souffle.

Mathilde a reculé de quelques pas. La deuxième cartouche va chercher la mort loin dans le thorax de l'ancien commissaire qui se replie au pied du mur sur ses derniers souffles.

— Vous le paierez cher, parvient-il à menacer encore, du sang coule de son nez et de sa bouche. Il aurait fallu vous tuer aussi… Tous morts…

Ensuite il se met à hurler comme un chien qui crève au bord d'une route, il se débat, il lutte contre ce qui l'étreint.

S'engouffrant dans le noir, Mathilde est longtemps poursuivie par les cris du moribond. Après que la portière a claqué, ramenant le silence d'un coup brutal, elle ferme les yeux. On croirait qu'elle dort. Sauf qu'elle respire vite, et que son visage frémit de tous ses muscles comme si elle allait éclater de rire.

Cent vingt sur cette route qui se perd en virages détrempés. Puis l'autoroute, sous la vapeur orangée des lampadaires qui ceinturent la ville. Elle n'hésite pas en déboulant sur l'échangeur, elle fonce sous les flèches qui annoncent la direction de Bayonne. Pied au plancher. La nuit est autour d'elle. Des phares viennent écraser leurs faisceaux lumineux sur le pare-brise brouillé d'eau. Elle quitte l'autoroute à Morcenx, se dirige vers Mont-de-Marsan sur une route droite menacée par la verticalité implacable des pins. Puis d'un coup de volant, elle percute ce mur intermittent, elle tranche net deux troncs, le feu se met en boule autour de la voiture qui bondit et s'écrase sur le toit.

À plat ventre, tout près de l'incendie qui fume sous la pluie battante, Mathilde lève la tête vers les flammes, puis la laisse retomber et frotte lentement ses joues contre le sable, le tapis piquant et mouillé. Ses membres bougent vaguement comme ceux d'un nageur ralenti. Mathilde pose sa bouche en sang sur le sable qui boit l'hémorragie. Elle l'embrasse. Ses lèvres s'entrouvrent. Elle mord le sol. Elle va le creuser. Le sable crisse sous ses dents, se colle à sa langue. Elle ne bouge plus. L'explosion ne la réveillera pas.

FIN

DU MÊME AUTEUR

Aux Éditions Gallimard

Dans la collection Série Noire

LA DOULEUR DES MORTS *n° 2231*

Cet ouvrage a été composé
par Infoprint.
Reproduit et achevé d'imprimer sur Roto-Page
par l'Imprimerie Floch à Mayenne
le 11 octobre 1993.
Dépôt légal : octobre 1993.
Numéro d'imprimeur : 34850.
ISBN 2-07-049335-0 / Imprimé en France.

63488